幸福は絶望とともにある。

曽野綾子
Ayako Sono

まえがき　後は野となれ山となれ

自分が美と感じるものに、私たちは心と時間を捧げる。時には命さえも捧げる。こういう人は今では少なくなったが。

戦争中、国家の命令によって命を捧げて戦場で死んだ若い兵士たちは、それ以外に生き方を選ぶ方法がなかったということで痛ましい限りだ。しかし国家が戦いに引き出され（一部の人たちは、この戦いが愚かなものであることを明確に意識していた）、現実に敵の攻撃を受けている以上、自分が愛する者の命を守るために戦うより他はない、という矛盾と必然を感じていた面も否定はできない。それが彼らにとっての悲痛な「美」であった。だから彼らは、胸打たれる遺書を残して死んだのだ。

考えてみれば、二十世紀は、責任を自己から他者へ移行することをもって、近代的な社会構造が完成され、民主主義も成熟する、と解釈した時代であった。

コンピューターの普及は、人々の「右へ倣《なら》え」の生活をますます色濃いものにした。

絶対多数の他者のやることをやり、他者の考えるように考えることが、情熱の目的となった。

個人が受ける運命に関しては、すべての結果は人間がコントロールできて当然と考えられるようになった。もしできない時には、国家や社会や自分が属する組織に責任があった。親を養うことも国家に任せようとした。自分が自由な選択の余地を有する状況で買ったマンションが値下がりしても、その損失を誰かに補塡《ほてん》させようと要求することが可能と感じた世紀であった。

「安心して暮らせる」という言葉を、恐れ気もなく使い出したのも、二十世紀後半の特徴だった。生活において「安心できること」を期待したのは依頼心を公的に許された高齢者であり、声高に約束したのは政治家であった。ジャーナリストさえ、「安心して任務に邁進《まいしん》できるような環境」というような言葉を使って平気だった。

しかし人間はいかなる人でもいかなる場所でも、「安心して」生きられることなどあり得ない。それは未来永劫《えいごう》あり得ないことだろう。そのような根源的な非合理、非連続性に人間の運命が定められていることを、二十世紀は承認しなかった。それどころか、社会の不備として一掃できると考えた。

二十一世紀には、そうした迷妄がいっそう加速するのか、修正の方向に向かうのか、およそ予測というものをする習慣のない私には考えることもできない。私が予測をしないのは、予測というものが、ほとんど当たったことがないからである。

最近では私はただ無責任に「株価が上がる」と新聞が書けば、反射的にそれでは株は下がるんだろうなと思い、「景気はまだなかなか回復しない」と専門家が言っていたら、多分明るい未来はその辺まで来ているのではないか、と思う癖がついた。

そんな状況で、どうして現在にしか興味のない小説家が、将来の予測など考えられるものだろう。それはまさに徒労というものだし、人は誰でも自分の才能や資質の分《ぶん》に応じた姿勢を取らねばならない。

しかし個人の生き方の「美」だけは、多分秘《ひそ》かに、誰に言うこともなく選ぶことができる。私個人としては、むずかしいだろうが、できうる範囲で自分の中の「美」に「酔狂」に殉じたい。もっともその「美」を押し通すことによって滝の白糸のように死刑になっちゃタマンナイ、と私のような臆病《おくびょう》で卑怯な者は、必死で計算しながら、である。

しかし「真」を見ることに臆病なまま「美」を生きることはできない。そしてそのような生は、人間の人生ではない。

二十一世紀の変貌《へんぼう》は、私だけでなく、あらゆる人の予測の能力の範囲を超えているだろう。私個人は、悩む暇もないうちに「どうせ私は死んじまうのだから」と思っている。利己主義な私は死後のことなど、どうなってもいいのである。だから私はうんと若い時から、色紙を書かされた時には「後は野となれ」と書いてきたのである。

CONTENTS

第2章　人間の不純な哀《かな》しさ

第3章　人間が人間になるために

第6章 人生の美学に殉じるために

装丁　bookwall
装画　松尾穂波

第1章

生の出発点を見失っていないか

砂漠で見つけた「生」の出発点

私は今、この文章をアフリカ大陸を南下する機中で書いている。飛行機は南半球のマダガスカルに向かっている。足下には砂漠が拡《ひろ》がっている。リビアとサハラの二つの砂漠共、私にとっては懐かしく、同時に崇高な土地だ。私は生涯に書物からも人からも学んだが、同時に土地からも学んだ。山と海から学ぶ人は多いが、私は砂漠を師とすることになった。

砂漠はすべての人に生きるための水を与えたりはしない。砂漠で生きるには何よりも知恵が要《い》る。砂漠では冷酷《れいこく》さと慈悲が共に必要だ。自分が生き延びるための冷酷さと、人を生かすための慈悲である。

砂漠を脱出するためには、あらゆる危険を予測するための疑いが要る。しかしどんなに辛《つら》い状況にあろうとも、希望に導かれなければ、人は砂漠から生きて文明に到達することはできない。疑うことと信じることとはそれ故に決して矛盾するものではなく、二つながら大切なものだということを知るのである。

人間はどこから来たか、どこから出発したか、を私はいつも考える。生は一つの偶然、仮初《かりそめ》の状態に過ぎない。生はともすれば死への帰結をたどりたがる。砂漠はその方向性を示す一つの場だ。放っておけば、そこでは人間は生きられない。

それ故に人間は文字通り生きるための方途と策略を考える。夜の寒さに耐えること、わずかな水源を探すこと、目的地の方角を見失わないこと。それらすべては生を継続するための基本的な行為だ。

戦後長きにわたって、人間はこの生の根源の姿と生存を継続するための苦《にが》さを全く考えなくなった。一杯の水を誰《だれ》が飲むかということ――自分が飲めば相手が死ぬ、という原則など考えたこともない。水は常にいくらでも飲め、生命は継続して当然ということになった。

人間の思考を根本的に変えたのは電気の存在だったかもしれない。安定した（停電のない）上質の電気が供給されるということが、どれほど偉大かということを、ほとんどの日本人は実感していない。

経済も、安全も、医療行為も、旅行や学問も、実際には電気があったから可能になった。民主主義も電気の落とし子であった。今私の足下にある土地の多くは、全くその恩恵を受けていない。

基本的に夕闇が来れば、後は眠ることとしかやることのない世界はまだまだ地球上にべったりと拡がっている。「夜を有益に使う」ということ、それどころか、肉体によって可能な行為でなく、魂の偉業を人間が夜間にも継続して完成させたということは、奇跡のような贅沢《ぜいたく》である。本当は、それは自然保護主義者にとっては、冒瀆《ぼうとく》と感じられても致し方のないことのはずだ。

少なくとも私にとって快い生活ということは、「不自然」そのものであることを教えてくれたのは、今私の足下に拡がっている土地であった。水は長い時間をかけ、焼けつくようなごつごつの大地を裸足で歩いて行って初めて得られるものであった。砂嵐が来れば人々は隙間《すきま》だらけの小屋にひそんで、それが通り過ぎるのを待つ他はない。イナゴの襲来もまた似ている。イナゴを追い払えるのは人の力ではない。イナゴの学者なら、その行動の原則を知っているのだろうが、大部分の人にとってイナゴがずっと滞在して彼らの畑の作物や近隣の樹木を食べ尽くすか、それとも立ち去ってくれるかは、神のみの知るところだ。

私の知人の一人は、屋根に密集したイナゴが、夕方になって陽が当たらなくなった部分だけきれいにいなくなるのを見た。イナゴによって人々は大きな被害と、ささやかな恩恵を受ける。イナゴを食べることによって、たんぱく質やカルシュウムが、一時的にせよ摂《と》れるからである。

栄養の点など問題外にして、今日満腹できるだけ食べられるかどうか、ということはいまだにこの大陸の人たちにとっては大きな問題である。これから私たちが行こうとしているマダガスカルにも、プスプスと呼ばれている人力車が地方都市などにはことにたくさんいるが、プスプスを運転する男たちは今でも貧困に喘《あえ》いでおり、結核が多い。人力車は親方から借りるのだ。だから毎日まずその借り賃を払うと、残りは妻子を養うに足る収入もない日がある。だから、彼らは朝早くから夜まで裸足で車を引いて病気になる。市場の外などで何十台ものプスプスがたむろしており、瘦《や》せてほとんど笑わない彼ら車夫たちの目が、期待に満ちて私を見つめる瞬間を、私は体験しなければならない。

この旅行中に同行の一人の青年が、「僕は夕食までほとんど食べません」と言った時、私が強烈に心の中で動かされたのは何であったろう、と考えている。彼は決して不遜な意味でそう言ったのではない。彼は有能で個性が強く、心が温かく、すばらしい青年だ。しかし、彼のみならずすべての日本人が、果たして夕食を食べられるだろうか、と疑ったことがないのだ。たとえ大震災のような災害があっても、政府は翌日にはパンを配るし、私たちは難民になったこともない。

私の足下にあるアフリカ大地で、しばしば子供たちがもらったビスケットやチョコレートを、すぐ食べようとしないのはなぜか。このようなお菓子は、彼らにとっては夢のような食べ物であるはずなのに。

彼らはそれを分けるのだ。家へ持って帰って、彼らよりさらに幼い弟妹たちに分ける。優しさと、そして生きることはいかに困難なことかを知っているために、三歳の子でももらった一個のチョコレートを手の中で握りしめたままますぐには食べようとしない。

水のない土地には不潔が蔓延《まんえん》する。着替えるものがないという貧困も不潔を招く。服を洗わない人たちは珍しくない。限りなく泥と垢《あか》の色に染まった服は、あちこち破れ、大ざっぱにつぎが当てられ、そのつぎもまた破れ、もはや洗われることに耐えない状態になる。

アフリカの子供たちは強い、と言った人がいる。千人の赤ん坊のうち、二百人、三百人という高い死亡率を持つ土地はいくらでもある。今生きている子は、その「淘《と》汰《た》」を生き抜いた子供たちなのだ。しかし医療の不足から来る赤ん坊の死を彼らは何と説明するか。土地によっては、それは私のような邪悪な目を持った外国人がじっと見つめた時、悪霊が入ったからだと説明する。だから私たちが気楽に赤ん坊を抱いたり笑いかけたりできない土地もある。

人間は基本的には飢えからスタートした。それが毎日食べられるようになり、グルメ文化、料理の芸術を楽しむまでになった。

人間の生活は放置すれば垢にまみれる。それを異常な操作をほどこして、清潔という人為的な状態に保つようになった。

人間は常に自分の出発した地点を見失ってはならない。しかし多くの人たちは、もはやその出発点を見ることもできないし、また、見ることを望みもしない。それが連続性のない不気味な人間を創る。経済の混乱もまた同じである。

憎しみと対立を生まないために

アフリカの旅で、私は日本にいたら考えられないおもしろい経験をした。

その一つは運についてである。

今日本の社会で、運を口にすることは、非科学的な無責任な行為である。他人の、喜ぶべき、あるいは悲しむべき状態を聞いた時、「それは全く運ですよね」などと言えば、それは私に同情がないか、人的な力で社会をよくする意欲を理解しないか、どちらかだと思われる。

この旅で、私たちはマダガスカルの南で三百数十キロを移動するのに、飛行機をチャーターした。アフリカで小型機をチャーターするのは、日本で考えるほど高価なものではない。十三人の人間を運ぶには、しかし二機の飛行機が必要であった。九人乗りと五人乗りである。

二機の飛行機の第一印象は、九人乗りは単発で古ぼけて見えた。それに比べて五人乗りの方は双発で新しい飛行機に見えた。同行者のほとんどが同じような感想を持った。

私は深く考えなかった。私が単発の九人乗りの方に乗ることにする。世界の貧乏を知るための今回の旅は、私の勤めている日本財団の企画だったから、財団の職員五人は、私を含めて二機に割り振らせた。たとえ不時着をしても、職員はホストとして行動する義務がある。後は主に体重で分かれることになった。

組分けが終わった時、私は五人乗りに乗ることになった人々を眺めた。私と同じくらい背の高い体格のいい日本人のシスターが一人いるが、私は職員の一人にそっと小さな化粧用の鏡を渡した。

彼はすぐ私の意図を察して笑った。

航空機が不時着した場合、水も食べ物も医薬品もあった方がいいのだが、それ以上にサバイバルに必要と言われるものは、必ず出るはずの捜索機に、遭難機の位置を太陽の反射を使って知らせる鏡なのである。誰か一人でも生き残って天候に恵まれれば、この救いを求める信号は出せるかもしれない。シスターでは多分コンパクトも持ってはいまいと私は判断して、鏡を持たせたのである。

しかしこの飛行は全く別の不思議な結果を生むことになった。ボロに見えた私たちの飛行機だけが目的地に着いて、もう一機は離陸後間もなく悪天候のために引き返したのである。

それは、大型機はレーダーを搭載しており、かつパイロットが普通は使わない東側のコースを使ったからだ、ということがわかった。もう一機のパイロットは女性であった。

こうして二機の搭乗者はその晩、別々の土地で泊まることになった。大きな支障はないが、煩わしくないことである。私は心の中で、商業機のための女性パイロットというものを今でも信じていない。

自分が楽しみのために乗るのは女性も自由である。統計があるわけではないが、過去の民間と軍用の飛行機事故の記録を読んでいると、不思議と女性パイロットが操縦する飛行機が落ちているという印象がある。もしもう一機のパイロットが女性だと先に知っていたら、私はそちらに乗ったろうと思う。

偏見《へんけん》、男女差別、運、こういったものの存在を、今の日本は許さない。男性と女性が決して同じ能力ではない、ということも今の日本では認められにくい。しかし或《あ》る分野では男性が優れ、別の分野は女性に向いている。

だから、男女が同じことを同じ数でせよ、ということは愚かなことだというのが、私の偏見である。

偏見というものは、それが個性なのだ。それこそ独自の視点なのである。しかしそれは、間違いのない真実でもなければ、公正な絶対多数の意見でもない。ただ公正無私、ということは、政治的、社会的「制度」としてはあり得ても、一人の人間としてはあり得ないことだと、私は初めから考えている。

一機が引き返した、ということは、あくまで運であった。私は飛行機が落ちる運も認めていたが、それにいささか抵抗するつもりで鏡を渡した。滑稽《こっけい》な行為であった。しかし運を認めながら、そこにわずかの人為的な力を加えて、運命の方向を少しでもよい方向に変えようとすること、その矛盾にこそ意味がある、という風に私は考えてきたのである。

その時のアフリカの旅で、私に深い衝撃を与えたのは、一九九四年のルワンダの部族虐殺《ぎゃくさつ》の跡であった。長年、さまざまな要素から対立していたフツ族が、ツチ族とそれに関係のある人をなぶり殺しにしたのである。ツチ族の中には、カトリックの教会の中に集まっていたところを皆殺しに遭《あ》ったケースもあって、その廃虚は、今も人間のばらばらになった遺体と共に、そのまま保存されている。

私たちは、立場の違った相手を愛すべきだ、などと口で言うことはたやすい。しかし基本は相手が嫌いだという感情なのである。それを消し去りなさい、人間は皆平等です、などと言ってみても、フツは自分たちがツチと平等ではなかった、と信じていたから復讐《ふくしゅう》に出たのである。

最近、フィランスロピー（人間愛、博愛）などという言葉が、広く普通に使われるようになった。この言葉は、フィリア＝好きであること、と、アンスローポス＝人間、という言葉が合成されてできた言葉である。

しかし人間の基本は、好きでなければ殺し合うのである。ただそのような自然の感情に任せず「敵でさえも、理性で愛するようにしなさい」という教えと概念に、私たち人類は過酷《かこく》な内的戦いを命じられるようになった。

キリスト教では、そのような理性の愛をフィリアとは別に、「アガペー」という言葉を使うことで明快な区別を行っている。アガペーで表される愛は、いささか自然ではない。そこには理性に基づいた悲痛な意志が込められているのである。

恐らくもはや世界の紛争は、フィリアやフィランスロピーでは解決できない。現代に有効なのは、多分、心では仮に憎んでいても、行動では愛しているのと同じような選択を行う「意志の愛」、アガペーを基本にしたアガパンスロピー（これは私の造語だが）でなければやっていけない。

よくボランティア活動などを、「気持ちよく」やっている限り、私たちはほんとうの仕事をしていない、と言われる。援助すべき相手と真剣にかかわると、時に相手に対する憎しみさえ生まれて自然だということだ。それを理性で処理して、取るべき行為を続けることがアガパンスロピーなのである。

憎しみとの戦いは、来世紀を通して大きな課題になるだろう。

戦争、憎悪、殺意、貧困、運命、などというものを、日本人は正視せず、学ばず、ただお題目のように「戦いはいけません」「殺すのは悪いことです」「努力で世界はよくなります」と繰り返す。

人間の中に内蔵されている悪も善も、人知や人為が全く小さく見えるほどの運命の不思議さも、私たちは正面切って謙虚に学ばねば、このような憎悪や対立の構造は決して解決されることはないのである。

日本を覆う「縮み志向」

先日私は、七、八年ぶりでお雛《ひな》さまを飾ることにした。毎年毎年、今年こそは飾ろうと思いながら忙しくてそれどころではなかったのである。雛を飾るというようなことは、優雅に楽しんでこそ意味があるのに、私の家では何とも殺風景なものだった。私の勤めもあったので、わずかな作業なのに二日かかり、原稿の遅れを気にしながらである。

しかし久し振りに対面したお雛さまを見て、私はさまざまな感慨に捉《とら》えられた。これを集めてくれた父は、性格的に私とよく似た偏《かたよ》りを持っていた。よく言えば凝り性、悪く言えば偏執狂なのである。

大したお雛さまでもないのに、道具のコレクションが普通ではない。基盤や硯《すずり》箱など、すべて本物とそっくりである。それをおもしろがって私が、外国でひげそりセット、コーヒー挽《ひ》き、カヌーなどのミニチュアを買ってきたので、雛壇は日本と西洋文化の混在した奇妙なものになっていた。小説を書く上でも大切なのは、いささか「凝る」ことだが、私はこの有効な性分を父からも受け継いだものと思われる。

しかし私自身は、実はミニチュア文化というものを嫌っている。李御寧《イオリョン》氏が日本人の文化の「縮み志向」について書いたのはもう何年前になるだろう。小さく精巧に、という日本的な性癖が、半導体のチップなどを作るのには役立ったと思うが、所詮《しょせん》、それはちまちました文化だという感じも否めない。ミニマイズ（矮小化《わいしょうか》）するということは、すべて独創性よりも、模倣を原則としなければ成り立たないものだからである。

日本の社会では、多くの人が模倣を重んじて例外にならないことを目的に生きている。よく地方都市などで、お葬式にお金がかかり過ぎるという話が出ると、それならどうして自分の好きなようなお葬式を出さないのですか、と私はいらいらすることがある。私は自分の親たちを、実にお金のかからない秘密葬式で気持ちよく見送った体験を持っているからそれを言えるのである。しかしいつも結論は「うちだけが、あんまり非常識なこともできないしねえ」というところに話が落ちつくだけだ。

　この一月の末に、私が働いている日本財団宛てに、主務官庁の運輸省から何度目かの「特殊法人等の綱紀粛正《こうきしゅくせい》について」という文書が送られてきた。この訓令第一六号は平成八年十二月二十六日に出されている。歳暮の時期は終わったとしても、年末年始にいろいろと飲む機会も増えるだろう、ということを考えて出されたもののように思われる。

　それによると、「職員は、関係業者などとの間で、次に掲げる行為を行ってはならない」として、

（1）接待を受けること。
（2）会食（パーティを含む）をすること。
（3）遊技（スポーツを含む）、旅行をすること。
（4）就任、海外出張等に伴うせん別等を受けること。
（5）中元、歳暮等の贈答品（広く配布される宣伝広告用物品を除く）を受領すること。

他に講演や原稿料の形の報酬も受け取ってはいけない。対価《たいか》を払わずに役務の提供を受けたり、不動産や物品などの貸与を受けることもだめ。未公開株を譲り受けることも禁止、である。

ことにこの項に関する注意がおもしろい。対価を払う場合も、職務として必要な会食をする場合も、服務管理官に事前に届け出るか、それが不可能な場合は、事後速やかに報告すること、という規定がついている。

羹《あつもの》に懲りて膾《なます》を吹いているのである。事実他人のおごりでゴルフをしたり、出張の日程の中でラスベガスに行くような官吏がいるから世間は怒るのだ。しかし末端の細則で人を取り締まろうとするから、自然な人間交流の場はどんどんせばめられる。田舎から羽振りのいい同級生が上京してきて「お前におごりたい」と言っても、いっしょに飲まないという。会食、スポーツ、旅行、などというものは、よその社会と人を見る格好の機会なのに、である。

今の日本では、いいことはほとんどしなくても、悪いことと、悪いことの周辺にかかわらない人がいい人と判断される。もちろん悪いことを全くせずに、いいことだけするのならいいのだが、これはほとんど不可能というものだ。善と悪は、光と影のようなものだから、印象派の画家たちに、影を描かずに光を描け、というようなものだ。

しかしその際、良識というものが、このコントロールのむずかしい問題を解決する。良識は、条文ではとてもカバーしきれない。悪いことをしない人の中に、いいこともほとんどしない人がたくさん出てくる。それは積極的悪ではないが、消極的悪である。

今、官庁は、完全な縮み志向で動いている。これではますます小粒な詰まらない、消極的悪をなす官吏が増えるだろう。私自身は、いろいろな官庁と接触する度に、おもしろい体験をする。

官庁からの電話はその中の最高傑作だ。たとえば「××局長からお電話です」と私の秘書が言うので、私が大慌てで電話口に出て「お待たせいたしました。曽野でございます」と言うと、先方の秘書は「ソノアヤコさんですね。只今局長と代わります。少々お待ちください」と言うのである。秘書にプッシュホンのボタンを押させても、自分の方からかけたのだから、私を呼び出している間に、向こうも当人と代わっているべきだろう。「無礼ですよ」と言ったら、或る人が「それはソノさんが大物ではないからですよ。偉い人には、掌《てのひら》を返したように丁重にやってますよ」とニヤニヤ笑いながら、実情を教えてくれた。彼らの目は完全に出世ルートの鍵《かぎ》を握る上の人だけに向いているのだそうだ。

それで私はこの次からこの手の取り次ぎ方をされたら、電話を切ることにしようと考えた。先方は秘書課のつなぎ方が悪いと言って怒るだろうが致し方ない。

なぜなら私は子供の時、カトリックの学校で、どのような人にも同じように、恐れもせず見下しもせず、自然な自制的態度を取ることのできる人が魂の高貴な人なのだ、と教えられたのである。

小物に対しても大物に対するのと同じように謙虚で誠実な態度が示せないような相手は、人間としても、民衆に奉仕する官吏としても、上等ではない。相手を見て態度を変えるのならたかり役人と同じ精神構造、けちな縮み志向の表れなのである。

どうしたらおおらかで折り目正しい、精神の香りのいい人間ができるのか。ナイフに関して持ち物検査をされるのはプライバシーの侵害だなどと、テレビに映る若者たちはしたり顔で言っている。人に見られたくないものは学校に持ってくるな、である。先生も「固いもの」以外は、礼儀として開けなければいいだけの話だ。それでもほんとうにナイフを使うような子は、死に物狂いでどこかに隠すだろう。縮み志向の論争は、事態と心をさらに縮こまらせている。

「愛」を発生させるもの

以前、私は人権擁護推進審議会のメンバーの一人になった。

初めのうち、各団体から問題点の説明を受けるのは大変ためになった。どの団体の代表も、約三十分くらいの間に、長い年月に起きた未解決テーマを的確にまとめ、私のような法律に馴《な》れない者にもわかり易《やす》く説明してくれる。

私はそういう時間を、政府の審議会としては珍しく楽しい会議だと感じていた。楽しいという言葉づかいは少し説明しなければならないだろうか。そこで討議されている事態が何でもない愉快な話だ、というのではない。今すぐ問題が解決されるのでもない。しかしそこに光を当ててよく見えるようにすることを、小説家は「楽しい」と感じるのである。

会議は、政府の審議会としては非常に長いものであった。四時間にもなった日がある。その間注意を集中して、しかも椅子《いす》に座《すわ》ったまま聴くということは奇妙に疲れることであった。

私は集中力のない性格で、普段書く仕事をしていても、十五分くらいワープロを打つと、立ち上がって煮物の鍋《なべ》を見に行ったり、花に水をやったりする。そのおかげで腰痛も起きずに長い仕事の時間をこなしていると自分では信じているのだが、この審議会は書く仕事よりずっと疲れた。

そんな肉体的な瑣末《さまつ》なこととは別に、或る日、私はその疲労が普通でないことを感じた。食べ物に当たったような、気持ちの悪い疲れ方であった。

何だか理由がわからなかった。しかし会議を終えて建物を出て冷たい風に吹かれた時、私はふとその原因をつかんだような気がした。

私たちはその日も、その前の会合でも「人権」の確保、ないしは回復について語り合った。「人権」という言葉を直接使うか、使わないかは別にしても、つまり「人権」をどう守るか、確立するか、ということを語った。「人権」侵害に対して、「人権」を擁護すべきだということも語られた。「人権」は会議室の中に怒濤《どとう》のように流入し、あふれ返った。

委員の中にも役所側にも傍聴の人たちにも、「人権」を守ることに関して、いささかでも反対だという人がいるとは思えなかった。その意味では、私たちは当然の話をしていたので、そこには、根本的な意見の対立も不和もなかった。しかし、私たちは「人権」を語り続けたが、「愛」についてはそれこそ、その長い会議の間にただの一言も語らなかったのである。それで私の精神は、酸欠のような状態になって奇妙な疲れ方をしたのであった。

何という不思議な会談だったのだろう。「愛」が全く不在であったのにもかかわらず、そこにいた誰もが、その状態を不思議と思わなかったことが、私にはもっと不思議であった。そして私は心の中で、もしあの会議の席で、人間関係では愛が根本です、その愛はどうしたら確保できますか、などと言ったら、いい年をして今さら何を幼稚なことを言っていると嘲笑《ちょうしょう》されたか、会議の論点を混乱させてひどい迷惑をかけることになったか、どちらかだったろうから、あれはあれでよかったのだろうと、私はいつもの卑怯《ひきょう》な形で自分を納得させることにした。

愛は、語れないものなのか。法の前では、愛のような「たわけた話」は取り上げる価値がないものなのか。そしてまた愛を避け、愛なしで、法律や規制だけで、「人権」や「平等」が達成できるものなのか。

それに答えるような言葉が、聖書には二千年近く前から用意されていることを私は思い出してしまった。聖書など引き合いに出すな、俺《おれ》は宗教はキライだ、という人がたくさんいることは承知しているが、聖書は、論語や、孫子の兵法《へいほう》や、マキャベリの『君主論』風に接してもおもしろいものだから、私はよく読むのであった。

イエスの思想を受けて、実に簡潔に愛を語っているのは、初代教会を作ったパウロである。パウロは、イエスの十二使徒の一人ではない。しかしその十三通の手紙の中で、実に能弁に自由に厳しく、その思想を語っており、それが新約聖書に収められている。
「たとえ、預言《よげん》する賜物《たまもの》を持ち、あらゆる神秘とあらゆる知識に通じていようとも、たとえ、山を動かすほどの完全な信仰を持っていようとも、愛がなければ、無に等しい。全財産を貧しい人々のために使い尽くそうとも、誇ろうとしてわが身を死に引き渡そうとも、愛がなければ、わたしには何の益もない」（コリント人への第一の手紙一三章）

人権は要求できるかもしれないが、愛は要求できない。愛は、愛されるに値する心を持つ人に注がれるのが普通だが、一方でキリスト教は相手が愛を受けるに値しないか、逆に憎しみの対象であっても、理性として、心から愛しているのと同じ行動を取ることを命じている。

人間の弱い心は、一度嫌いになると、そうそう簡単に好きにはならない。しかしそのような場合でも、行動の上では、愛せない相手に対しても敵に対しても、理性によって愛しているのと同じように行動せよと命じる。そしてそれだけがむしろほんとうの愛で、心から好きな相手に誠実を尽くすなどというのは別にほんものの愛ではない、という思想さえある。

人権は権利かもしれないが、愛は受ける方から要求すべきことでも権利でもない。あくまで与える側の、全人生を賭《か》けた自由で豊かで楽しい裁量と選択の結果である。

パウロはそのすぐ後の部分で、さらに恐ろしい定義を示す。

「愛は忍耐強い。愛は情深い。ねたまない。愛は自慢せず、高ぶらない。礼を失せず、自分の利益を求めず、いらだたず、恨《うら》みを抱かない。不義を喜ばず、真実を喜ぶ。すべてを忍び、すべてを信じ、すべてを望み、すべてに耐える」

組織をいくら変えても、愛は発生しない。愛は能動形で初めて発生するもので、人に命令されたり要求される受動形では生まれない。

愛を発生させるのは、人間の悲しさを知ることだ。そのような人間が作る仕組みのもろさと悲しさを骨身に染みて知ることである。それには、哲学も文学も宗教も要る。本を読まねばならない。

しかし今の時代に、どこの親が、どれだけ本を子供に読みなさい、と言い、自分も読んでいるのか。架空世界のゲームにしか興味のない子供たちに、どうして自分の在り方に疑念を持ち、他者の苦悩に対する関心が生まれるのか。「人権」というものを要求すれば、それらが解決するものでは全くないだろう。

「人権」の要求がもたらすものは、よそよそしさである。表面上何ごともなければいいという、今のテレビ局が狂奔《きょうほん》している冷たく用心深い言葉狩り、私風に言えば言論弾圧である。私の周囲には、たとえば身体障害者といつも親しく付き合っている人たちがいくらでもいるが、そういう人たちは、差別語など少しも気にしていない。なぜなら、彼らの間には愛があることが確認されているからだ。

許しがなければ癒《いや》しもあり得ない

個人や国家や社会が謝る、謝れ、ということについて、私は今までにずいぶん長い間、辛い思いで考えてきた。

私は長い年月の間に、たくさんの謝った人、謝れなかった人、許した人、許さなかった人たちの話を聞いてきた。つい先日も人づてに、事故で亡くなった人の妻が、弔意《ちょうい》を示しに来た「事業主」とでも言うべき立場の人に、ついに一言も口をきかなかった話を聞いた。その事故は、酔っぱらい運転とか、前方不注意のような、あからさまな過失のある事故ではなかった。全くの不運な偶然の結果であった。それでも遺族は許さなかったのである。

私が若い時に許しに関して決定的なショックを受けたのは、一九三六年のスペイン内戦によって夫を殺された妻の話を聞いた時である。彼女は悲しみの中で、残された子供たちに言った。

「私たちはお父さまを殺した人を許すことを、生涯の仕事にしなければならないのよ」

そのたくさんの子供たちのうちの一人が、その後カトリックの神父になって日本に来た。

私の知人の女性は、二十歳になった医学生の一人息子を、彼の親友が運転する車の事故で失った。知らせを受けて、事故現場に近い警察まで駆けつけた時、警察は初め遺体に会わせるのも、運転をしていた青年の親に会わせるのもためらったという。遺体の損傷がひどかったのと、もしかすると憎しみの対象になりかねない立場の人と接触させることを恐れたのだろう。

しかし彼女自身も医師であった。そして彼女は――その途中にどれほどの心理の困難を乗り越えたか、他人の私は憶測することさえ非礼に当たるような気がするのだが――その時事故死したすべての青年たちの親は、加害者・被害者の立場を超えて同じ悲しみを味わった人として受け止めていた。私はこの女医には将来遠く貧しい僻地《へきち》で、死を覚悟して医師として働いてください、と言ってある。

許しは、大きな人生の仕事である。「父帰る」「母帰る」は今でもどこにでも見られる物語である。子供の自分を棄《す》てて家出し、残された母に塗炭の苦しみを舐《な》めさせた身勝手な父が、年老いて死も近くなったころ、突然帰ってきて名乗るようなことは、絶対に許せないと思うのも当然である。

しかし、老年の最大の勇気ある仕事は、許しと和解だと、死生学の第一人者であるアルフォンス・デーケン神父は言う。そして私も長い年月の迷いの果てに、その境地までたどり着くことを、やはり最高のゴールの美学だと思うようになった。だからと言って、私の心がにわかに慈悲や柔和さに満ちたわけではないが。

しかし他人の犯したことを、謝れ、とか、許せとかいうことは果たしてできるものなのだろうか。ローマ法王庁はこの三月十六日、第二次世界大戦中のナチス・ドイツによるユダヤ人大虐殺について「われわれは忘れない……ユダヤ人虐殺に関する意見」を発表した。そしてキリスト教徒が虐殺を黙認したことに対して「良心の呵責《かしゃく》を覚える」と表明したという。私の手元にある東京新聞は「バチカンがユダヤ人虐殺をめぐって公式に謝罪したのは、これが初めて」と書いた。

恐らくそれはカトリックでない人がみれば、当然の解釈であろうと思われる。そして私もまたバチカンを代表する立場にないが、バチカンは謝罪したとは思えない。ただ文書が示している通り、虐殺に関してキリスト教徒が、傍観、無抵抗、という「過ちや不誠実」を犯した点を認めたことは当然である。

もう四十年近く前のある日のことを私は思い出す。私たちは亡くなった遠藤周作氏などと共に、東京の麹町にあるバチカン大使館にいた。そして大使館人種の守るべき礼儀も弁《わきま》えず、何と昼食の後から夕暮れまで当時のバチカン大使・ヴュステンベルグ大司教とこの問題を話し込んでいたのである。

私が話題に出したのは、レーゼ・ドラマとして紹介されたホホフートの戯曲『神の代理人』についての感動だった。この戯曲は一人の神父が、一人のユダヤ人を救うために、自らのパスポートを彼に渡し、代わって自分がユダヤの星を胸につけて強制収容所に行く話である。そのモデルが日本にも来たことのあるマクシミリアン・コルベ神父であった。

その中にも、戦争中の法王ピオ十二世が、ナチスの暴虐に対して手をつかねて無抵抗だったという断罪《だんざい》がある。その部分になると、ヴュステンベルグ大使は顔を紅潮させて、自分の体験を語ってくれた。

大使は戦争当時バチカンの中にいた唯一のドイツ人だった。ホホフートはこの作品を書くのに、どうして同じドイツ人の自分に聞きに来なかったかというのが大使の不満だった。

当時の法王、ピオ十二世は黙っていたのではない。ナチスに抗議したのだ。しかしその度にナチスは報復のように大量虐殺を繰り返した。それを知った時、ピオ十二世は沈黙した。それ以来誰がどんな非難をしようと、法王は貝のように黙り続けた。それが真相だと大使は語ったのである。


私は別にピオ十二世を庇《かば》う何の理由もない。ただユダヤ側は、決してバチカンに「謝罪」を要求することはないと思う。それはユダヤ人たちは、被害を受けた当人以外、他人がその人に成り代わって許すことはできない、という立場を取っているからである。そしてまたキリスト教徒も、自分が犯した罪でない限り、謝罪することはできないのである。それができるのなら、私たちは自分が犯した罪を他人に代わって謝らせるだろう。

マイケル・ヒルトンとゴーディアン・マーシャル共著による『福音書とユダヤ教』（ミルトス）の中に一つの講演会の場面が描かれている。一人のラビ（ユダヤ教の教師）がアウシュヴィッツについて語った後、一人の少女が駆け寄って来て、自分はあそこにはいなかったけれど、あなたは私を許してくれるか？　と聞いた。ラビは少女と抱き合って泣いた。

するともう一人の老人が近寄って来た。彼はかつて強制収容所で看守をしていた。そして自分も許してもらいたいと言った。

するとラビは答えた。

「許しはラビの仕事ではない。ユダヤ教には毎年、十日間の悔い改める期間がある。その時、人は迷惑をかけた相手の家に出かけて行って許しを求める。しかしあなたはアウシュヴィッツで死んだ六百万人の所へ行くことはできない。彼らは死んでしまっているし、誰も彼らの代弁をする権利はない」

許しはユダヤ教とキリスト教でも解釈が違う。許しや謝罪がこうした真剣な神学的な立場を離れ、安易に政争の道具として使われるようになっていることには、用心しなければならないかもしれないのである。

魂の教育を怠った社会

最近の日本の様子に危機を感じ、将来を憂う人はあちこちにいるのだが、時々その人たちの議論を聞いていると、不思議な感じに囚われることがある。

省庁の編成を変えることや、金融破綻《はたん》を乗り切ることはもちろん差し当たり大切なことに間違いないけれど、どうしてこういう社会になったか、という基本の部分については、あまり考えないらしく、議論にも出ない。

私がその理由だと思っているものは、どんな風にも表現できる。日本人が本を読まなくなったから、でもいいし、哲学がなくなったから、と言っても差し支えない。親と住まなくなったから老病死がひとごとになったのもその理由かもしれないし、あるいは道徳教育を切り捨てたからかもしれない。

私はアフリカに行く度に、日本人は何と貧困や飢えを知らないのだろうと思う。しかし何よりも、日本人は貧しい人は必ずいい人だと思うような甘ちゃんで、そのくせ、いささか恥ずかしいほどの利己主義者である、と言ってもいいかと思う。こういう状況がすべて人生の基本を考えない理由になる。

つまり私は、日本にはこれだけの有能な人物がいながら、どうしてもっと筋の通った濃厚で意識的な悪も善もできないのかと不思議に思い続けていたのだが、それは魂の教育を怠ったからだとしか思えない。

しかし今、子供たちに本を読ませようという運動も起きないし、道徳教育を始めようという機運もない。今度の新しい公務員の倫理規定のようなものの内容を、私はまだ正確には知らないのかもしれないが、倫理規定を作らねばならないというのは、大人に幼稚園の児童用のお行儀を教えているようなもので、ほんとうは恥ずかしいはずだろう。もし一人一人が、公務員としてのあるべき姿をわかっていたら、そんな規則はなくても済んだはずなのだが、相変わらず公務員は成績上は秀才でも、大人になっていないから、常識的な判断力も哲学も持てないので、さらに厳密な規則を作る必要が出てきたのである。

これだけの大きな揺り返しが来ても、銀行の債務や省庁の再編成をどうするか、という話ばかり盛んなのは、シワの出た顔にどういう化粧品を使ったら年を誤魔化《ごまか》せるかという、おしろいをさらに厚塗りする話のような気がする。健康状態をよくして肌の張りを取り戻すか、どうしてもだめなら、せめて美容整形の手術を受けるぐらいの勇気は要るだろう。

日本人は、とうの昔に人生を愛する心を失くしているような気がする。その人生とは、当然のことながら紛れもない実人生で、寒暖の差もあれば別離の悲しみも病苦や貧困の苦悩もあるものであるはずなのだが、多くの人たちには不幸は「バーチャル・リアリティ」（仮想現実）で楽しむものになり、事実存在感が希薄である。

先日もどこかの学校が一年を通して摂氏一〇度以下になったことがないからという理由で暖房を切ることにしたら、猛烈な反対運動が起きた、という。

今は着るものもたくさんあれば、懐に忍ばせるカイロもある。薄くて温かい靴下を重ね穿きしても、昔とは全く違って寒さを追放できる。寒さに耐える体と気力と才覚を作るのが教育なのだが、親たちまでがそろってまたとない教育の機会を放棄《ほうき》させるのである。

インドが核実験をした後、日本の新聞は、ガンジーの無抵抗主義を見習え、と書いた。来世を信じている人なら、あるいは殺されてもいいかもしれない。来世には、仏か神がいて、その行為を嘉《よみ》するから、現世では必ずしも報いられなくていいのである。

しかし日本人の多くは知的だから、自分は無神論者だと言う。死ねばゴミになるのだと言う人が多いのだ。とすれば、この世がすべてである。そのたった一度の生涯を、ガンジーは無抵抗だったから殺されてしまった。

「あんたは殺されても平和主義者でいられるのかね」

とインド人は言うだろう。

「殺されたくないから、実験をしたんだ。あんたは他人にガンジーのように死ねと言うのかね」

と言う声も聞こえそうである。

日本人は、「背後にあるもの」も見えず、「底にあるはずのもの」も感じなくなっている。漢方薬を使ったり運動をしたりして体質を変えることなど全く考えずに、とりあえず今苦しんでいる熱や下痢を抑えることだけを望んでいる。そういうやり方をしていると、バブルの付けが終わっても、制度を変えてみても、幼稚園の子供に対するような倫理規定を作ってみても、また次の難関が来たら、それを受けきれずに別の堕《だ》落《らく》の仕方をするだろう。

もっとも堕落のない社会などないのだ、と言うこともできる。人は常に新しい堕落の種を見つける。だから退屈しなくて済んでいる。

日本が再生するための困難な道

世間は声をそろえて、日本の経済はつぶれた、日本に未来はない、というようなことを言う。

今は日本が絶望的だと言うことの方が、大向こうに受けるという感じなのだろう。しかし私は今までに歩いた百四カ国と比べて、日本がそんなに絶望的だと思ったことがない。

時々先進国といわれる外国へ出ると、在住の日本人が夜のレストランで少し酔っぱらい、私のような余所者《よそ》に、一杯機嫌でその国について「無責任レクチャー」をしてくれることがある。

「何しろこの国じゃ、半分がまあまあ読み書きソロバンができますけどね。あとの半分は、十倍しろっていうと十回足し算するやからですからね」

半分とか、十倍とかいう数字はあまり根拠もないのだから、深く考える必要はない。

別の日には「この国の九割は貧乏人で、一割だけが大金持ちですけど、その金持ちがまた、日本には全くいないようなスケールのでかい金持ちで」という調子になる。

しかし私は最近、日本国家が大きな詐欺師に見えてきた。それは日本が戦後終始、一応は自由主義の陣営に所属すると見せかけながら、ふと気がついてみたら、日本ほど完全な社会主義制を取っていた国はないということである。これには中国も自民党もビックリであろう。何しろ最近の中国では、色町の復活が語られているくらいだというのである。

それも当然なのは、あの国は一度として社会主義になどなったことがなく、ただ常に流行の思想の衣をまとって利口に伝統的体制を続けて来ただけだったのに、日本の幼いマスコミは、それを見抜けなかったか、勇気がなくて書けなかったかだけで、中国は一度もみごとなほど変わらなかったのである。日本ほど、社会主義をうまく完成してしまった国はないのだが、それを中国は羨《うらや》んでいるのか、心中嘲笑しているのか、私にはよくわからない。

しかしこの日本型社会主義が、最近社会を停滞させ出したのは確かである。当然のことだ。社会主義では本質的に人間の問題を解決できないのは証明済みなのである。もっともそれは即ち資本主義に毒素がないということではない。

昔から人は人生で失敗をしてきた。すると親たちは「お前がばかだったんだよ」と言ったものであった。しかし今の親たちは「政府（学校、社会など）の責任よ」と言う。

バブルに踊《おど》らされた人たちのほとんどは自分の責任である。私も何度か「お宅も相続税を減らすためには銀行でローンを借りて土地を買いなさい」と言われたものであった。「人民」がそう思いたくなるほどの税を掛けた政府にも、立派な責任はある。

しかしローンなるものの説明を聞いてみると、倍の値段につくという。借金は高くつくのが当然だ。昔、父も母も、借金をしなければならないようなら買ってはいけない、と私に教えたから、私はそれを守っただけである。もっとも、まさにバブルの最中に子供が大きくなったりして、どうしてもマンションや家を買わなければならなくなった人だけは、ほんとうに運が悪くてお気の毒だったと思う。しかし昔はそれでも自己資金がなければ、家などは決して買わなかったのである。

私の住んでいる近くの土地が、一番高い時に売値が三・三平方メートル当たり一八〇〇万円だと聞いた夜、私は本気で畳二畳分に一八〇〇万円を投資して、その上で一体何の商売をしたら合うだろうか、と考えたものである。いかなる水商売もとうてい合わない。宝石屋もだめ。骨董屋《こっとうや》も無理。元が取れそうなのはその土地を四畳分ほど買ってヘロインかニセ札を作ることだ、というのが結論だった。

そういう土地の値段を聞けば、そこで何をしたら合うのだろうか、と私のように考える方がむしろ自然だと思う。そして非合法・不道徳な仕事以外にはとうてい採算が取れないと思う時、普通の人間は当然そういう値段の土地には手を出さないのが分別というものだ。そういう計算をしなかった人や銀行は、当然その報いを受けるべきだ。

その理由は、戦後の日本人の多くが、平等というものをはき違えて、皆「結果の平等」を求め、政治家は無思想と票の故に、それと闘わず迎合したからだという。

機会の平等、尊厳の平等は当然である。しかし自由主義社会では、人は生きる基本を充《み》たされた上の余剰の部分では、その判断、努力、性癖、働きなどに応じて報いられ、さらに運によって調整されるのが当然だったはずである。しかしいつの間にか日本では、結果まで平等でなければならなくなった。子供たちは「皆いい子」だと真実でないことを信じ込まされ、通知表は単なる人間の一側面の評価に過ぎないことを忘れて、そこで差をつけるのは教育的に悪い、ということになった。

誰も戦争や病気や災害がいいというわけはない。しかし不運や不幸がもたらす意義を教えるのもまた教育なのだが、結果の平等はそれさえも許さなくなった。

日本人はもう一度、厳しい現実にさらされる必要がある。それが日本再生の条件だ。

二十歳になったら、「義務奉仕」の期間を最低一年作ることだ。その間に、肉体的訓練をし、刻苦《こっく》不満に耐えられる体と心を作り、併せて身障者や独居老人の介護方法を教え、時には彼らと住み、災害地への派遣、清掃などの勤務もさせる。介護保険などというお金で、人の幸福をまかなえるものではない。そのような奉仕をすれば、自然に青年たちは他人の痛みを知り、人生で結果の平等などあり得ないことを学び、本質的な謙虚さと優しさを徳として自分のものにするだろう。今世間には、普通のあいさつも、感謝も、祝福の言葉も言えないような未成熟な大学出があふれているが、そんな人間には、ほんとうはどんな仕事もできはしないのである。

日本人は本来はすばらしい素質を持っている。むずかしい問題を与え、訓練すれば、自ら打ち込んでそれをこなす人がほとんどだ。これほどの誠実、これほどの勤勉がどこの国にあるか。また九〇％以上を占めると思われる中産階級が、上質の知性を平均して持っている国がどこにあるか。

しばらくは激震の中で人々は傷つくだろう。しかし苦難や不運のない人生はないのだから、「苦しい生活」はある程度、迎え入れ、それを有効に使うべきだ。しかしその不人気な選択をできる政治家は恐らく一人もいないだろう。

「あるがまま」を受け入れて「生」を回復する

東京工業大学教授、渡辺利夫氏の書かれた『神経症の時代　わが内なる森田正馬』（学陽文庫）は、現代に生きる人の魂を解放する上で、貴重な一冊である。

私の周囲に、今、神経症の人が大変に多い。そのほとんどが、正直で、努力家で、責任感に満ち、才気も独創性もある。つまり、善意で優秀な人である。

褒《ほ》めたついでに、自分もその仲間入りをして点を稼ごうと思うのだが、私もかつて三十代に長い間不眠症に苦しんだ。その当時の不調を何という病名で呼ぶべきなのか、私は今でもよくわからない。私は不眠症だけだと思っているが、家族や他人から見たら、立派な神経症だったのではないかと思う。

今だって、私はどう見ても円満な人間ではない。言い訳をすれば、作家で円満な人格など、もともとあり得ないだろう、とも内心秘かに思っている。外部から見ても、私の作品をあまり読んでいない人に限って「辛口の評論家」などと言うが、そう言われるような人間が、円満で優しかったりするわけがないではないか。

しかし、とにかく、私は十年以上かかって不眠症を抜け出した。この世で自分の思う通りにならないことも、これは世の中の潮流に流されているのだからおもしろいなあ、と思えるようになり、何よりも感謝の思いが増した。その結果、人からどう言われても、現実は一つなのだから、そのままにしておこう。褒められていたら、そのありがたい「誤解」は訂正せずにとっておき、嫌われたら首をすくめて、できるだけその人の神経をいらだてないように、それとなく離れていよう、と思うことにした。つまり、本質的解決ではないが、「姑息《こそく》な手段」ということに、むしろ、ただならぬ知恵の輝きを見るようになったのである。

渡辺利夫氏の著書は、倉田百三の精神の軌跡を借りて、人間が総合的なものの見方をできなくなり、同時に生の喜びを失う様を描きつつ、有名な森田療法が確立されるまでを追っているが、その詳細をここに紹介するのは止めることにする。ただそのヒントは、一人一人の人が、自分に与えられたあらゆる属性《ぞくせい》と状況を「あるがまま」に受け入れることから出発することであり、「自然服従」というおおらかな姿勢に表される、ということだけを紹介するに留《とど》めよう。

神経症が増えた理由は、いろいろと数え上げられているようだ。

肉体的には、働く場は工場であれ、オフィスであれ、昔と比べると、冷暖房完備で衛生的で気持ちよく過ごせるようになった。しかし、精神的には、厳しい労働条件、都会的・核家族的生活から来る孤独感、ローンなどの経済的な重圧など、どれも当人にすれば、笑って済ますどころか、他人にはわからない決定的な不幸と感じる要因が増えた。

考えてみれば、私たちの社会は、必ずしも人間の幸福に奉仕するようなことだけをしてこなかった。

人工衛星から地球全体を細部にわたって撮影することが可能になり、秘密のミサイルの発射台まで詳細にわかるようになったということは、ほんとうは人間が地球規模でものを考えるようになるのを助けたはずである。それは自分中心ということではなく、自分がどんなに小さい存在かを見ることであるはずだった。

「一人の人間の命は地球よりも重い」と教育は教え、社会もこの言葉をもてはやした。その人を愛する家族、友人、知人たちから見たら、これは間違いのない真実だ。しかし、一人の人間の存在など、世界は全く知らないのだから、私が生きようが死のうが、誰も何も知らない、という事実も、またほんとうなのである。

地球生成以来、どれだけの人が地球上に生まれ、死んでいったか。それらのほとんどすべての人たちが、病気と飢えに苦しみ、別離の悲しみを味わい、若くして思いを残して死に、憎しみを覚えて戦い殺し、裏切りや無情に泣いたことだろう。さらにすさまじいのは、すべての人が例外なく死んだ、ということだ。だから、自分もまた同じような人間の運命の範疇《はんちゅう》の中で生き死ぬのだ、と思えればいいのだ。

しかし、社会は若い人たちに少し嘘《うそ》をついた。自分の欲望に忠実なのがいい、それがかなえられるのが当然だ、と教えたのだ。しかし、それは現実には不可能なことだから、裏切られたという思いで心を病む人はどんどん増えたのである。

アリストテレスが『エウデモス倫理学』の中で、「ものごとを軽く見ることができるという点が、高邁《こうまい》な人の特徴であるように思われる」と書いていることに、私は昔、大きな衝撃を受けた。自分の生命と存在、自分の感覚、自分の悲しみ、すべてがせいぜいで人並み、もしかすると大変に軽いものだ、と思えるようにしようと考えた。

マルクス・アウレリウスは『自省録』の中で言うのである。

「主観的判断を取りのけよ。そのとき、私が害されたという思いは、消えてしまう。この『私が害された』という判断を取りのけよ。さすれば、害そのものは、消えてしまう」

「あるがまま」を受け入れるということは、実に美しい。豊かさと貧しさ、受けた愛と憎しみ、幸福と不運、すべてに意味があって、それらのおかげで二人とない今の自分ができたと思う境地に達すれば、多くの神経症に苦しむ人は、必ず心が少し軽くなるはずである。

第2章

人間の不純な哀《かな》しさ

✤ 他人にはわかり得ぬ絶望

命についてある真実を披歴《ひれき》した二本のテレビ番組を、私は最近一晩のうちに見た。一つは（再放送かもしれないが、たまたま私が見たのは）、NHK・ETV特集『苦悩する国連』である。

国連は一九九一年には湾岸、九二年にはカンボジア、ソマリア、モザンビーク、九四年にはルワンダ、という具合に、国連平和維持活動（PKO）を展開して来た。しかし九三年のソマリアでは百五十人の死者を出し、その時は、アメリカ兵の遺体が暴徒に引きずり回される場面まで、マスコミに公表された。

九四年のルワンダでは、教会に集まったツチ族の周辺を取り囲む危険なフツ族たちを残してPKOは撤退《てったい》し、その結果ツチ族たちは全員虐殺《ぎゃくさつ》された。

テレビに登場した虐殺現場の教会を、私はたまたまこの事件の四年後に訪れた。半地下式の納骨堂に下りた時、数百の頭蓋骨《ずがいこつ》から立ちのぼる強烈な臭気が私を包んだが、それは死者たちの声だと、瞬間、私は感じたのである。

ＰＫＯはソマリアの悲惨な体験のあたりから、懐疑的な空気に包まれ出した。国際政治に詳しい友人によると、作戦が失敗に終わったというより、「いやになってきた」という空気だったのだという。

　この番組の中で、私たちは、日本では出会わない一つの現実と表現を突きつけられた。当時、アメリカ国連代表部にいたというマイケル・バーネットの発言である。バーネットによると、アメリカ人はＰＫＯをアメリカの国益と結びつけて考えている。だから国益とは関係のないルワンダでは、それが人道上の活動だとしても、国民に対して、あなたの息子を危険にさらしてくれ、とは言えなくなった。

　何人のルワンダ人が死のうと、それはアメリカに関係ないことなのだ、とバーネットは言い切る。ルワンダ人の命は、アメリカ人、ベルギー人、日本人の命に見合う価値はないのだ。

　こういう意見を、日本人は聞いたこともない。人の命に格差《かくさ》があることは、生命保険の支払額に違いがあることをみれば明らかなのだが、そうした現実は正視したくもない。信仰があれば、神の前ではすべての人が、「神に等しく愛された子」なのだが、信仰を侮蔑《ぶべつ》する人なら、過酷な現実を正視するかと言うと、必ずしもそうではない。

前日のTBS『筑紫哲也NEWS23』は、山口県で起きた本村弥生さんと、生後十一カ月の夕夏ちゃん母子の殺人事件の裁判で、山口地方裁判所が当時十八歳の少年であった被告に、死刑を減じて無期懲役の判決を言い渡したことを取り上げた。かけがえのない妻と娘を奪われた夫が胸のうちを語ったのである。

夫は犯人に極刑、つまり死刑を望んでいた。しかし少年であり、殺害に計画性がなく、内面未熟で更生も考えられる、として出された無期懲役という判決だと、犯人は七年後、二十七歳で仮釈放される可能性もある。

この夫は、敵は被告人だけでなく、司法そのものであると感じたそうだ。応報感情を満たされて普通の心を取り戻すという、遺族のこれからの人生の回復など、裁判では全く考えてもらえなかったからだ。人を恨《うら》む、憎むというような感情を乗り越えていくには、死ぬほどの努力が要《い》る、と夫は言う。

裁判は、裁判官と被告人の対話だけで終わった。裁判官は被告人には一声かけたが、被害者とは目を合わすことさえ避けていた。

加害者が、自分が殺した人の名前も知らずに、どうして反省できるだろうか。

裁判官は少年に悔悟の色が見えると言ったが、少年の涙は嘘《うそ》である。なぜなら、私たちは見ず知らずの人が死んでも涙を流せない。愛する人の死を前にして、初めて私たちは泣くのだ。

自分は司法に絶望した。もうこれ以上、何年争ってみても改善は望めないと思う。それくらいなら、無罪にして今すぐ自分の手の届く所に出してほしい。私は自分の手で相手を殺す、と夫は言う。


この二本の番組には共通項がある。命に関して、遠い他人はほとんど痛みの実感を伴わない、という事実を鮮明にしたことである。許しだの、平等だの、死刑反対だのおきれいごとは、被害者には通用しない。何の関係もない第三者だけが、無責任にそれを可能な美徳だと考える。

人が人を死刑にできるか、という命題は、理論だけなら常に明快に答えが出せる。

いかなることをされようとも、相手を許し、相手の命を奪ってはならない、と第三者は簡単に言うことができる。

しかも死刑反対が持ち出されるのは、誰《だれ》かの死刑が執行された直後のような時である。多くの場合、刑が執行されるころには、事件の残虐性など他人は忘れかけている。もちろん被害者の家族の存在や思いなど、全く前面に出てこない。

人はいまだに、人間を等しく神の子供と見なすキリスト教的な考えとは遠く、他人の命には決して自分のと同じ重さを想像し得ない、という能力の限界を有している。この現実に目をふさがずに、私たちは悩む他はない。

紀元前十八世紀に書かれたハムラビ法典は「目には目を、歯には歯を」という形での正義の成就を規定した。この同害復讐《ふくしゅう》法は、復讐を勧めるものではなく、むしろ傷つけられた人や縁者による報復《ほうふく》の拡大波及を止めるためのものだったというが、報復という情熱は人間の遺伝子の中に組み込まれているとしか思えない。

死刑のない国だというブラジルに詳しい人が言った。

「だから、代わりにリンチで済ますんですよ。裁判では正義が行われないと思うから、勝手にやってしまう。警察も見て見ぬふりです」

不純の中で初めて人は本当の大人になる

教育改革国民会議に出ているると、今の生々しい教育の現状を聞かされるので、非常に新鮮な解答にたどり着くことがある。

日本の教育が予想以上に腐敗《ふはい》と荒廃《こうはい》の度合いを深めているということは、よく言われているが、病状が進んでいるのは何も学生だけではなくて、社会人も、父母も、皆が「おかしくなっている」と言う。もちろん、すべての人々は素質も育ちも、受けた教育も環境も違うわけだから、原因の共通項はなかなか見つけにくい。しかし、ないわけではない。それは日本人の幼児化ということだ、と専門家は指摘する。

幼児化は、大人が子供に適切な愛情と厳しさで接することをしなくなり、ただ甘やかしてご機嫌とりをした結果、子供のいやがることは一切させなかった結果である。

「ご飯の後片づけをしなさい」

「ボク、宿題あんだよ」

「あいさつをしなさい」

「何であいさつなんかしなきゃなんないんだよ」

「テレビばかり見ていないで本を読みなさい」

「AちゃんもBちゃんもこの番組見てるよ」

そこで大人は黙るのである。幼児化を防ぐには、これらのことをすべて幼い時に、問答無用《むよう》でさせる癖をつけることだろう。

あいさつをさせるのは、心ならずも、他者との最低のつながりを保つことを教えるためだ。食事の後片づけは、人間が生きるための基本的な営みの重要性を体で覚えさせるためだ。そしてテレビだけでなく本を読めというのは、バーチャル・リアリティ(仮想現実)に頼ってどんどん実人生から離れることを防ぐためである。不思議なことに読書も直接体験ではないのだが、辛抱も身につき、哲学も残るのである。

幼児性の特徴は幾つもあるが、周囲に関心が薄いこともその一つである。自分の病気には大騒ぎするが、他人の病気は痛くもかゆくもない。万引きをゲームだと思っているのは、自分がただで欲しいものを手に入れられる、ということがわかっているだけで、万引きをされた店の痛手は全く思いつかない、という点にある。

幼児性のもう一つの特徴は、人間社会の不純の哀《かな》しさや優しさや香《かぐわ》しさを、全く理解しないことだ。幼児的人生はすべて単衣《ひとえ》で裏がない。だから、厚みもなければ強くもない。

こんなことを書くだけで、政治家が嘘をついたり、政治的理念など放置して派閥作りに狂奔《きょうほん》するのがいいのですか、などと言われてしまう。不純にもいろいろあるのだ。下世話な言い方をすると、下等の不純も上等の不純もある。不純というと一つの概念しか考えないのが、幼児性なのである。本当に有効な予防外交というものが、もしあり得たとしたら、それは上等な不純が功を奏したからである。

幼児性はものの考え方にも、一つの病状を示すようになる。理想と現実を混同することである。この混同は、自分がその場に現実に引き出されない限り、それが嘘であることが証明されない、という安全保障を持っている。

一九九四年のルワンダのフツ族によるツチ族の虐殺の時、あるフツ族の老女は、自分の娘がツチ族の男性と結婚して産んだ孫を殺した。「お前が本当にフツ族なら、ツチ族の血の入った孫を認めるわけがない。もし殺さないなら、お前を殺す」と言われたからであった。

こうした実際にあった話を前にして、自分はこういう場合にも絶対に幼児を殺すことはしない、と自信を持てるのが幼児性である。「もし仮に自分が……であったなら」という仮定形になかなか現実の意味を持たせられないのが幼児性なのである。

結果的に幼児性は相手を軽々と裁く。これも大きな特徴の一つである。それは、人間というものはなかなか相手を知り得ない、という恐れさえ知らないからである。あるいは自分もその立場になったら何をしでかすかわからない、という不安を持つ能力に欠けるからでもあろう。

一方、幼児性は、社会と人間に対して不信を持つ勇気がない。不信という一種の不安定でおぞましい、しかし極めて人間的な防御《ぼうぎょ》本能を駆使《くし》することによって、初めて私たちは一つの信頼に到達することができる。従って信じるまでの経過には、私たちの全人的な人間解釈の機能が長期間にわたって発揮されるわけだ。

　普通の場合、私たちは見知らぬ人、名前は知っていても個人的にその言動に触れたことのない人の生き方を信じる何の根拠もない。しかし幼児性は、さまざまな図式によって、人を判断し、それを信じる。その図式も時代の流れに動かされる。有名なら信じる。金持ちは悪人で、貧しい人は心がきれいだ。反権力は人間性に通じる、という具合だ。現実は、そのどれにもあてはまる人とあてはまらない人がいる、というだけのことだ。

　幼児性はオール・オア・ナッシング（すべてか無か）なのである。その中間のあいまいな部分の存在の意義を認めない。あるいは、差別をする人とされる人に分ける。しかしあらゆる人が、家柄、出身、姻戚《いんせき》関係、財産、能力、学歴、その他の要素をもとに、差別をされる立場とする立場を、時間的に繰り返して生きているのである。ただこの世ですべての人が、それぞれの立場で必要で大切な存在だということがわかる時にだけ、人間は差別の感情などを超えるのである。

　平和は善人の間には生まれない、とあるカトリックの司祭が説教の時に語った。しかし悪人の間には平和が可能だという。それは人間が自分の中に十分に悪の部分を認識した時だけ、謙虚にもなり、相手の心も読め、用心をし、簡単には怒らずとがめず、結果として辛うじて平和が保たれる、という図式になるからだろう。つまり、そのような不純さの中で、初めて人間は幼児ではなく、真の大人になるのだが、日本人はそういう教育を全く行ってこなかったのである。

門の前は掃かねばならない

今日は霞が関界隈《かいわい》のご町内の出来事を書いてみたいと思う。

私が今働いている財団は、霞が関とは交差点一つ隔てた虎ノ門というところにある。しかし職場の前の通りをまっすぐ行けば、一〇〇メートルも行かずに、各省庁が並ぶ霞が関の大通りに入る。そこで毎年何が気になるかと言うと、この官庁を結ぶ大通りの中央分離帯が、草ぼうぼうで放置されていることである。

私は子供の時から、門の前を母からよく掃くように命じられた。道路の管理業務は大田区か東京都のはずだが、昔風の母はそんなことは言わなかったものだ。

今でも雪の日には、夫と私は張り切って雪かきに出る。自分たちも高齢者であることを忘れて、門の前の歩道をお年寄りが下ってこられた時、滑《すべ》って転んだらご当人と国家と双方の大損害だと思うから、滑らない部分を確保するのである。

しかし霞が関には、門の前を掃かねばならない、という気風は全くない。あれは門の前ではない。玄関の前には歩道があって、そのさらに向こうの広い道路の中の中央分離帯の清掃は、当省の責任ではない、というのが、東大法学部的発想なのだろうが、綿毛の生えたタンポポみたいなのまで交じった雑草の醜《みにく》さは、これが個人の家の前なら、「こういう家は家運が傾くのよ」と母が生きていたら言いそうな風景である。

ことに外務省など、外国のお客さまが多かろうに、前の道が草ぼうぼうで恥ずかしくないのだろうか。文部省も、これでは教育上よくない。子供を教育する省が、自分の省の前の草取り一つしようとしないことになる。

先日、文部省に出かけた時、私はエライ方に「今度うちの財団からも人を出しますから、文部省からも有志がお出になって、分離帯の草取りをしませんか。昼食を終えて、十二時半から十五分もやれば、十人の人手で全部片づきます。それから引き揚げて手を洗っても、一時からの執務《しつむ》に遅れることはありません」と言って、「それはいいですね」と快く賛同を得てきたのである。文部省には先年、アフリカのコンゴとチャドの奥地までいっしょに旅をした若い女性もおられたので、その方を中心に有志だけで気楽にやれそうであった。

ところが、我が財団に帰ってそのことを言うと、秘書課の女性が、私の顔をおかしそうに見ながら言うのである。

「きっとそうはなりませんよ。今ごろ文部省は業者に電話してますよ」

私はこの女性職員の読みの深さに、まず感心した。こういう風に、人生を瞬時にして裏まで見通せる眼力は、外国援助の事業をする組織には貴重なものだ。しかし、私は半信半疑だった。

約束の日の前々日まで、中央分離帯に変化はなかった。しかし約束の日のまさに前日になって、突如として変化が現れた。清掃の手が入ったのである。それも文部省に近いところから、草を刈り始めた。

やはり、この女性職員の勘は当たったのである。もちろん、全く偶然に清掃会社が前日に入ったということが、ないとは言えない。しかし、あまりにも見え透いた時期だ、と私はアクイに考えることにしたのである。

私は清掃ということを、文部省共々教育的に使いたかったのである。しかし文部省のどこかのポストの人は、それを単なる官庁の管理の問題として処理した。それはそれでいい、と言いたいが、それなら、もう少し前に「汚いから、そろそろ何とかしろ」と、清掃会社に電話をしてもよかったと思う。つまり、文部省は管理を放置していたのだ。

私の違和感は、霞が関省庁全体に職員は何人いるのか知らないが、そのうちの一人として中央分離帯が草ぼうぼうなことに、気づかず、気にならず、ちょっと掃除してやろう、という勇気も持たないということだった。

外務省は、外は草だらけだが、塀の中はきれいなのだ、と誰かが教えてくれた。私が仮に外国の大臣で、日本の外務省に来てこの表通りの汚さを見たら「この国の役人は、オフィスにふんぞり返っているだけで、手を汚して人のために働こうという意欲は全くないのだな。うちの国と全く同じだ」と親近感を持ったかもしれない。

うちの財団ではメールで草取りボランティアを募集したら、やりますという人が定員オーバーした。草取りを志願してもボーナスは上がらないくらいは、皆知っていたはずだが。いや、理由は簡単で、文部省には美男美女が多いから、いっしょに仕事をしたかっただけに違いない、と私は勘繰っている。

鎌《かま》は自分の使い慣れたのがいいから、うちから持ってくる、などという人もいて、私のように畑仕事に慣れてはいるのだが、当日は草引きのためのハサミ一丁、秘書課の誰かの机の上からこっそりかっぱらっていって、知らん顔で洗って返しておこう、などとたくらんでいた者は、内心恥ずかしかった。

さて、業者は草を刈った。外国の弔問客がたくさんみえた前総理のお葬式に間に合うように、見た目だけはきれいになって、ほんとうによかった。しかし、ひどいことに、見た目がきれいなように刈ったのであって、草の根は抜かなかったらしい。雑草はあっという間に生えた。

業者にこういういいかげんな仕事をさせるほど、多分国家予算は少ないのである。それなら業者にさせずに、国民に範を垂れるために、各省が自分の前の分離帯くらいは、園芸好きだけを集めてきれいにすればいい。

今度こそ、文部省の誰かが業者に電話する前に、合同清掃班を出そう。そして、草は根元から抜こう。芯《しん》の部分だけ刈ったものだから、草は前よりうんと抜きにくくなっていると思う。しかし、それで苦労するのも、霞が関界隈浮世の話というものだ。

人生に当然ある素朴な苦しみ

先日、私の家にしばらくの間インド人の神父が逗留《とうりゅう》していた。彼の住むイエズス会の修道院はどこでも広い土地を持ち、神父自身も先進国での留学生活も長い人だが、修道院というものは基本的に質素な暮らしを守っているので、ホテル代も出ないから、うちに泊まっていたのである。礼儀正しい人で、食事など何を出してもいやだと言ったものは一つもなかった。

　この人は、デカン高原の中央部のある工業都市で、ダーリットと言われる不可触民《ふかしょくみん》の子供たちのための小学校を建てようとして、私が個人的に働いている小さなNGO（非政府組織）にその資金の要請をしてきていた。町にバスがないので、郊外に学校を建てても、子供たちはとても通うことができない。空気や水の汚染がひどくても町中でなければ通学できない。ということは、土地の値段も結構高くなるので、私たちはまたビックリしたのである。

　私は神父に、もしその学校がうまくいくと、よそから生徒が入ってきて、貧しい子供たちの学校がいつの間にか経済的余裕のある子供たちに占領される、ということはありませんか、という質問をした。すると神父は、そういうことは決してない、不可触民の子供たちが行く学校だというだけで、それより上級のカースト（階級）に属する家庭は、子供たちを絶対に入れないから、と答えた。

　インドのカースト制度は年ごとに解消するどころか、その影響が強くなっている、と誰もが言う。私たちは援助する時に、願わしい形としては、その仕事をやりたい相手先の組織が五一％の資金を出し、残り四九％を私たちが出すことだ、と言ってきた。もちろん必ずしも五一％でなくても一〇％でもいい。しかし自助努力の部分がなければならないし、援助する側が、あれは全部うちで面倒を見た仕事です、などと思い上がらないためにも、それがいいのである。しかし、この不可触民の学校にそれを望むことは全くできなかった。

インドの人たちは、宴会などでもバナナの葉に食べ物を盛り、それを皆が手で食べる。あらかた食べると、ごみ捨て場に捨てる。たちどころにハエも埃《ほこり》もたかるだろう。それを拾ってきて、わずかな残り滓《かす》を集めて食べているのが不可触民たちなのだ、と神父は言った。

彼らの日当は、たとえ金が入ったとしても、一日一家で三十数円から九〇円くらいにしかならない。その上に、多くの人が読み書きできないことに付け込まれて、本当に一〇〇円、三〇〇円程度の小金を高利貸しから年率三〇〇％、時には一〇〇〇％もの高利で借りている。当然、その金を返せないと、高利貸しは、当人や息子を、数年、数十年にわたって一種の「農奴《のうど》」として拘束する。生きるのに最低のものを与えて、安い労働力を確保する。もちろん政府はそうしたことを表向きは禁じているが、法を実行する気はない。

不可触民に生まれるのは、ヒンドゥの教えによるとカルマ（業）であるから、それは神の意思であり、人間が変えるものではない、と彼らは言うのだ。加えて裏の理由としては、安い労働力の安定確保のための絶好の状況だから、改変する機運《きうん》は全くない、という。

それを変えるには、どんなに長い時間がかかろうと、教育による意識の改革以外にない。恐らく神父と私の生きている時代には、何の変化もないにしても、やはり教育は今日から始めねばならない。自分が生きているうちに効果が見えないことでも……という発想は、私がこの年になってようやく知り得た一つの静かな楽しみになった。人生には近い目標と遠い目標とがあって、近い目標ばかりでは詰まらない。生きて決して見ることのない目標は、相手に伝わらないままに終わる恋のようなものだ、とこの年になって臆面《おくめん》もなくタワケタことも言えるようになった。

神父は毎朝七時から、我が家の食堂でミサを立てた。私は出る日も、疲れていて出ない日もあったが、私たち夫婦がいると、神父はミサの途中でインドの聖歌を英語で歌った。その一つがこの歌である。

「主よ、私はあなたの庭に来て、
今日は何が生えているかを見ました。
主よ、私はあなたの庭に来て、
愛し、働き、そして祈りました」
ここまでが、リフレインの部分である。
「あなたの庭には冷たい冷たい風が吹き、
人の心を凍らせました。
空は暗い灰色の雲で覆われていました。
罪とはどんな色なのでしょう。
丘の斜面には青草が萌《も》え、主よ、

谷間の花は赤い色。

山頂の霧は青い色。

戦争はどんな色なのですか？

よく生きてきた子供は白。

早朝の朝霧も白、
真夜中の星の輝きも白。

主よ、あなたはどんな色をしておられますか？」

この詩は、どこか今、私が身近に触れることのできる詩とトーンが違っていた。この詩は現世にれっきとして存在する矛盾を正視することを、少しも避けてはいない。いい暮らしをしてきた子供は、それなりによくしつけられる。彼らが純白の服を着ているのか、肌が白いのか、それとも罪がないのか、私は英文の詩からはっきりと断定することはできない。

ただ日本では、いささかでも階級とか、身分とか、人種とか、そこから派生する差別的感覚とかに触れることは、まず人権の見地からも、さらには思考からも、詩や文学からも、政府関係の報告書からも、教育のレポートからも消し去られた。

日本の社会は、人生に当然あるはずの素朴な苦しみの実態に触れる機会もなく、空虚に明るくなった。若者たちがそうした虚偽的世界を信じなくなり、興味を失って、むしろバーチャル・リアリティの世界にすがったとしても当然であろう。その大きな責任はマスコミにも、単純な人道主義者にもあるはずだ。

危機管理に最終的に必要な覚悟

このごろ誘拐《ゆうかい》という犯罪が金になるようになった。国内のことではない。国際的な組織が誘拐する場合である。

この四月二十三日、マレーシア領のボルネオの観光地、シパダン島で、ドイツ、フランスなど五カ国の観光客と、マレーシア人やフィリピン人労働者たち計二十一人が「アブ・サヤフ」というフィリピンのイスラム・ゲリラ組織に人質として捕らえられ、南部フィリピンのホロ島に監禁された。その後、数人の人質は解放されたが、取材に行った記者や説得に行った新興宗教のメンバーまで捕まって、人質の数は最初の二十一人から三十一人に増えた、と言われていた。もっとも間もなく人質全員を解放するという情報もある。

「アブ・サヤフ」は十年近く前、南のスールー海を根拠地にしている「モロ民族解放戦線」のメンバーを中心に結成されたもので、カトリック教国であるフィリピンからの独立を目指しているという。最近では隣国インドネシア内の独立運動の機運に刺激されて、運動が活発になってきた。政府軍との衝突だけでなく「モロ民族解放戦線」はこの二月だけでも、フェリーやバスなど交通機関や、カトリック系ラジオ局を爆破させた。

一つの宗教が「物心両面において破壊的行為のない限り」、それをつぶす必要は全くない。ありがたいことに日本は、異なった宗教が穏やかに共存を許されている社会である。

宗教や民族の違いを理由に独立することはいいことだ、という論理は、そのこと自体としては間違っていない。しかし独立という現実は甘くない。「モロ民族解放戦線」の武装勢力が約一万五千人、「アブ・サヤフ」が二千人。フィリピン全体の人口七千五百万人の四・三％に当たる三百二十三万人がイスラム教徒である。シンガポールも人口は三百八十万ちょっとでやっているのだから、独立できないことはないのだろうが、それくらいの人口で世界的に承認される近代国家の形態を保つには、生はんかでない知恵と政治力が要る。

　その「アブ・サヤフ」は最近金持ちなのだ、という。つまり人質誘拐業が「当たった」ということなのだ。


　フィリピンの参謀総長アンヘロ・レイエス将軍は、彼らが身代金として、二億四五〇〇万ペソ（当時約六億三〇〇〇万円）を手に入れた、と報道関係者に対して認めたが、それは「人質たちの宿泊代と食費だ」と語ったというのである。どんな待遇をされていたのかわからないし、三十一人も拘束していれば食い扶持《ぶち》もかさんだだろうが、それほど上等の食事を出していたわけはないだろう。

　この金額は、フィリピン国家警察予算の約一％に当たる。フィリピン国家警察の予算は、二七〇億ペソなのである。もっとも、国側の交渉団長ロベルト・アベンタハドは、レイエス将軍が発表した金額は非常に誇張されている、という。しかしいずれにせよ、かなりまとまった金が反政府勢力に渡ったのは間違いないことのようである。

ちなみに、フィリピン海軍の来年度の予算は六三億ペソ（約一六三億円）だが、そのうちの四六億ペソは人件費として消え、残りは古くなった艦艇の維持費に充てる、とシンガポールの『ザ・ストレイツ・タイムズ』に出ていた。こんな現状に対して、ゲリラ側はこの潤沢な資金で、誘拐がしやすいようにもっと優秀な高速艇を買おうとしている。独立うんぬんの理念を掲げる前に、誘拐は金になる「企業」になった。

「もしこれが本当なら、海軍や海で働く人たちは、仕事をするのがいやになるでしょう」とフィリピンの女性高官は言っている。一人当たりの国民総生産が日本円にして一一万円の国家なのだから、「アブ・サヤフ」のもうけが、いかに大きなものかわかるだろう。

フィリピンもまだ、国家として完全に地方まで掌握しきれていない。島の多い国家は統治がむずかしいものだというのは、インドネシアにしても同じだが、独立はなかなか簡単にできるものではない。子供が親の支配を嫌って「僕は家を出る」と言って出て行っても、仕事もなく、相変わらず親からの仕送りを要求したり、町で強盗や万引きをして食べなければならないようなら、それは独立したことにはならないのと同じである。

ドイツ人は実によく旅行するから、旅行者の事故が起きたら、その中には必ずドイツ人がいる、とヨーロッパ通の人が教えてくれた。先日のコンコルドの事故も、その典型だと言うのである。しかし、ドイツ人ばかりではない。日本人旅行者も多い。

今あちこちで、東南アジアの秘境的な海岸のリゾート地が紹介されている。私も時々その手のパンフレットを見るのが楽しみだ。私は珊瑚礁《さんごしょう》の青に、いつも心が吸いよせられる。昔の秘境は電気もなく、虫がいて、ホテルや宿屋の設備も悪いものだった。しかし今では、こうしたリゾートの設備は豪華で、「この世の天国」を演出している。「よし、絶対にいつかここに行ってみる」と私は心に誓うのだが、まだ実現したことは一度もない。しかし、そうしたこの世の天国が、一瞬にして悪夢のような誘拐の現場に変わることはたやすい。

フィリピン政府は、誘拐犯には一円も払うべきではない、と言っている。日本人はこうしたことを、どう考えているのか。

日本人の好きな、人権という言葉と、正義の観念は、こうした場合、どのようにすり合わせをしたらいいのか。「一人の人間の命は地球よりも重い」というのは、文学的表現であって、現実には十人の命を救うために一人を犠牲にするのが常識だ。

しかし、あくまで一人をも見捨てない理想論を貫くなら、ゲリラの商売は今後どんどん繁盛する。私たちはそれに間違いなく加担したのである。反対に正義を通すなら、誘拐犯には一円も出すべきではない。それは、自分が見捨てられ殺されることと、愛する者を殺されても暴力には屈しないことを、普段から覚悟することだ。

と言うと「そんなことには、めったになりませんよ」と日本人は言う。めったにないことを考えるのが、人間と動物とが違うところだし、国家としては危機管理の問題なのである。

豊かになって当たり前の感覚を失くした日本人

外国への旅に出ると、町と人を見るのが最大の刺激と楽しみになる。

イタリアのレストランで、英語をしゃべっているから多分アメリカ人と思われる夫婦と、男三人組との間のテーブルに座ったことがあった。夫婦の方は直径四〇センチはあるピザを一枚ずつ注文して食べている。妻の方は残すかと思ったが、きれいに食べ上げた。日本のピザと違って薄いのだが、それでも直径四〇センチは四〇センチである。

男三人組がオーダーしたのは、最初のお皿が濃厚なソースのかかったコロッケ風のもの。それだけかと思ったら、二皿目が鶏のローストらしいものの塊《かたまり》が二つ。どちらもきれいに食べ上げて、デザートには三スクープのアイスクリームの上にチョコレートをかけたものを楽しそうに食べた。

今にアメリカ人は、多くの人が心臓病か糖尿病で滅《ほろ》びることになるだろう、と一瞬思ったのだが、別にアメリカ人だけを目の敵《かたき》にしているのではない。

イタリアでブランド商品を買い漁《あさ》っている日本人の若い女性たちは、年ごとに醜くなっているように見える。ダイエットばかりしているから、何より体が貧弱になった。体力も気力も教養も欠けてきているのだろう。悪い姿勢で内股《うちまた》でぺたぺた歩き、「半眼」ではなく、「半口」を開けっ放しで、全く無表情である。ドゥオモ（大聖堂）の前では、不愉快そうなイタリア人の女性ガイドが、「はい皆さん、ここがこの町で一番大きい教会です」と、一目見ればわかるようなおざなりガイドをしているが、聞く方がキリスト教にも興味がない、歴史の素養もない、外国語もできない、何より外界に興味がない、ではしゃべるのもばからしくなるだろう。

今にこうした心身共に栄養不良の日本人たちは、早々と骨がもろくなり、歯は抜け、視力も衰え、子供は産めないか産んでも育てる親の心を持つだけに成長しておらず、日本人もまた、アメリカ人と別の理由で滅亡するだろう、という予感がするのである。

ヨーロッパに来る前に、私はブラジル、ボリビア、ペルーにいたのだが、素人の印象では、世界は今や富裕な先進国と貧困な途上国との二極に分かれる方向にあり、中産階級によって構成されている「中進国」は、後退しているように見える。

一つの国の中では、ごくわずかな金持ちが国の収入の大部分を握り、大部分を占める貧困層との格差がますます増大しているという。一般的に民族の独立は、そのこと自体望ましいことに決まっているが、経済の法則は決してそれに同調するとは限らない。独立した多くの国が、国家としての形態を維持できないほどの困窮に陥っている例は、今までに私が旅行した限りでもかなりの数に上るし、今後もその傾向はやみそうにない。

独立はいくらでもできる。しかし、その後が続かないのだ。食うや食わずでも独立を選ぶかどうか、私は答えを出せない。しかし、その現実を正視しようとする姿勢が、生活に困らない日本人には恐ろしく欠けている。理想論でものを言うことが通用する社会に生きていると、その論理は幼くなり、世界で通用しなくなる。

生活が貧しくなると、人間は誰もが同じようなことをやるのだ。もし、貧しい病人がただで薬をもらえば、日本人は相手が感謝してそれを飲むと思うだろうが、決してそういう人ばかりではない。薬を売って家族の食べ物を買うか、その金で安酒を買う。

それでも、もらった風邪薬を風邪をひいた男に売るなら、まだ薬の使命は果たせるわけだが、そういう病人は腹痛を起こしている病人にも平気で偽って風邪薬を売りつけるわけだから、薬を買った男は腹痛が少しも治らないことになる。

南米諸国にはかつてのビアフラやエチオピアのような飢餓はないが、「間接餓死《がし》」があると聞いた。「間接餓死」というのは初めて聞いた言葉である。それは常日頃から栄養が悪いので抵抗力がなく、ちょっとした病気ですぐ死亡することを言う。あるいは、けがをしても有料の救急車代や五〇〇円程度の処方箋《しょほうせん》代や、たった一日入院して様子を見るための入院費が払えない。それで死んでしまう。これが「間接餓死」である。

貧乏すれば、盗みをして生きるか、麻薬の売買をする他はない。最近ブラジルには「泥棒学校」ができた、といううわさを聞いた時、私の同行者の中から「それは有料ですか」という質問が出たのは、最高のユーモアであった。

ブラジルの或る地方都市では、一〇〇〇円くらいでクラックの包みが買える。売人たちは麻薬をやらないが、五歳の子供がもう常習者になっている。その地域で日本人シスターがやっている保育園では、両親、おじおばの八〇%が、麻薬や窃盗の罪で刑務所に入っているという。十一歳で子供を産まされた母は、今十七歳、子供は既に六歳になった。

いささか興味深い状況も現れている。

最近の日本人は「ホームレスの人権」だけに心を奪われているから、一切の怠け者批判をしない。弱い状態にあれば常にその人はいい人なのだ。

しかし、南米の日系人の間には、スラム居住者に対する非難がある。勉強もせず、怠け者で意志が弱いから、ああいう生活をするようになったのだ、という批判である。彼らのその言葉は、自分たちが体験した苦難の歴史に裏付けられたものだ。

人間には運がある。運の力は政治力とは無関係に存在し、多くの場合、人為的な力より強い。

だが、怠け者批判を失った社会も、健全とは言えないだろう。弱者は常に正しく、清いということはないのだ。弱者の中には、当然の結果もあるし、運が悪かった人もいるのだ。

貧しくても、悪に鈍感になる。しかし、日本人のように豊かになっても、人間の基本的な感覚を失って追従の文化がはびこる。どちらに転んでも、人生の深淵《しんえん》が待ち受けている。

きっぱり人生観を語って明晰《めいせき》に生きる

私の母の時代に「説教強盗」というのがあった、と話に聞いたことがある。興味があるので、そのうちにどんなことを説教したのか知りたいと思っているのだが、やはり説教は強盗の行為なしで聞かせてもらう方が、柔らかな気分で聞けるだろうと思う。

そんなことを思い出したのは、ちょっとした出来事があったからである。久し振りにシンガポールに来て、空港でタクシーに乗ると、ひどい混雑であった。ちょうどインド系の人たちのディパバリというお祭りの前夜で、その人出を避けて選んだつもりの道が、普段の時間の三倍はかかった。

運転手さんは一見中国系なのだが、バックミラーに十字架がぶら下げてある。助手席の前には、男四人が肩を組んで写っている写真。これはどうも、彼の息子とその友達という感じだ。それと、私の席からはよく見えない角度に「神の愛はすべてを照らす」みたいなことが、英語で書いてあるらしい。

彼は私たちが日本人だとわかると、一枚の紙を見せて、今夜八時半に日本人を高島屋に迎えに行かなければならない、と言った。「多分、ショッピングでしょうよ」と彼は純粋に職業的な言い方をしたのだが、後から、「日本人は金持ちだから買い物をするけれど、人生は買い物だけじゃない。寛大、許し、愛、が大事。ことに忍耐が大事」と、これは渋滞に対する自戒的な調子である。

察して頂けただろうが、私はこの辺から、この人は、朗らかな性格だが、いささか説教癖があるのだろうか、とほんの少し気重な気がし始めていたのである。

「考えてごらんなさい。一年は三百六十五日だ。私たちはもう人生の半分くらいは生きてきてしまったんだよ。後はうまく生きても、三十年分くらいだよ。日に直せば、たった一万九百五十日。人間はそのうち三分の一は眠っているから、生きて家族や職場の人や友達と過ごせるのは七千三百日分しかない。わずかだよ。憎んだり争ったり戦ったりしている暇はないでしょう」

私は感心して言った。

「あなたは算数が達者ですね。よくそんなに素早く計算ができますね」

「私はたばこも酒も飲みません」

「あなたはプロテスタント? カトリックじゃないですよね」

「バプティストです。タクシーというものは、よくお客の人柄がわかるものなんですよ。匂《にお》いがしますからね。酒を飲んできた人も、いつもたばこを喫《す》っている人も、乗ったとたんにわかる。自分の体を大切にしない人に、神さまの仕事なんかできますか。私は賭《か》け事も嫌い。無駄遣いもしません」

「女の人もでしょうね。それなら」

と夫が横から余計なことを言った。

「もちろんですよ。私はいつも祈っています。毎日毎日祈っています」

原稿というものは音声を出せないので困るのだが、彼はこの言葉をまことに楽しげに、わっはっはっ、と笑いながら言ったのである。つつましいきまじめな言い方をされたら、私はあいさつに困っただろう。

「今日は七時に家に帰って、ワイフと子供と夕飯を食べる約束をしていたんですよ」

と彼は言った。

「しかしこの調子じゃ、とても間に合わない」

彼はそう言うと、耳に掛けるタイプの車内電話で家に電話をかけ始めた。

「そう、とても混んでる。多分事故だ。まだ、その現場には来ていないけど」

結局、彼は私たちの送りの間に、奥さんに二度英語で電話をかけた。

「僕はお腹《なか》が空《す》いてきてしまったよ」

彼は笑った。

「しかし大丈夫。ここにお菓子を持ってきているから」

「どうぞ、上がってください。空腹はよくないでしょう」

「じゃ、失礼して食べますよ」

彼はうれしそうだった。安いおこしのような袋菓子である。

「あなたは幸福ですよ。お腹が空いた時、食べるものを持っているなんて、すばらしい贅沢《ぜいたく》ですよ。アフリカの子供だったら、何もないんですから」

私自身が説教調になっていた、とその場にいた人には聞こえただろうが、私はいつも自分に同じ台詞《せりふ》を心の中で言っているのである。

「うちの末の娘は、一五〇〇ドル（約九万円）も貯金してたんですよ。だけどアフリカの飢えている子供の話を聞いたら、そのうちの半分を母親に頼んで寄付してもらったんです」

「それは偉いですね。大切なお小遣いなのに」

と私は言いながら、しかしこういう美談は、時には人を息苦しくさせるなあ、と心の中で考えていた。

子供は強欲で、利己的で、狡《ずる》くて普通だ。しかし時には、こういう優しい心の子供が確かにいて、私は時々親の顔が見たいなあ、と思うのである。言うまでもないが、親の顔が見たい、という日本語は、悪い場合に使うのが普通だが、最近時々、積極的な意味でも使いたくなることがある。

普段は二十分で行く距離に一時間十分かかってしまったが、彼はたった七〇セントのお釣りを夫に渡そうとした。そして、夫が要らないと言うと、アパートのエレベーターの下まで荷物を運んでくれた。

何ということもない、渋滞と説教好きのタクシーの運転手さんの話である。そして彼の子供たちが、この聖人君子風の父親のことを、どんな風に受け取っているか、私にはわからない。心から尊敬しているか、少しおもしろみに欠ける、と感じているか、他人には想像もつかない。

しかし最近の日本では、これだけのことさえ言う父親は少ないのだろう。子供に好かれようと嫌われようと、父は父なのだ。ものわかりよく振る舞おうとなどせず、きっぱりと人生観を語り、明晰に人生を生きた方がいい。

私は運命に従った

フジモリ前ペルー大統領が、大統領を辞任して、一私人となられた前後の数日の記録をご報告する。

私が働いている日本財団は、ペルーとの間で長年にわたって、事業をしてきた。私が会長に着任してからの主なものは、五十校の小学校建設と家族計画のための保健所の整備であった。

私はどこであれ、お金を出した所は、必ず調査するということを財団の方針にしてきたので、私自身今までに二度、ペルーを訪れた。学校の多くは恐ろしく山奥に建てられていた。村一番の立派な建物が、学校という所も多かった。家族計画は主に山間地に住むインディオたちを対象に、既に子供がたくさんおり、夫婦が完全に同意した場合のみ、夫婦のどちらかに避妊手術を行うものであった。

視察の時、現地まで大統領専用機で連れて行ってくださる、と言われた時、私は初め固辞《こじ》した。私たちは民間の組織なのだから、普通の飛行機の路線を使って視察に参ります、と言ったのである。しかし、多くの現場はあまりにも遠すぎて、とても一日や二日では往復できない場所であった。飛行機は週に一便あるかないかだし、そこからアマゾンの源流を船で数時間、さらにそこから車で数時間という村も珍しくなかった。フジモリ大統領は軍用ヘリを使って、そうした場所に自ら案内し、田舎警察の持ってきた傷だらけの車の警察官を追い払って、自分で運転して私たちを新築の学校に案内した。

そのような出会いが何回かあると、結果として、大統領が来日された時には、日本財団の理事長の笹川陽平氏と私はお座敷てんぷらとか、しゃぶしゃぶなどで会食する習慣になった。高級料亭に行ったことは一度もなかった。

十一月十七日の前日、大統領から明晩ご飯を食べましょう、という連絡があった。金曜日の夜のせいか、滞在中のホテルの食堂の席はすべていっぱいだった。財団はやむなく個室を取り、アリトミ駐日ペルー大使夫妻（夫人は大統領の妹のローサさん）を交えて会席料理を食べることにした。その時、日本の地方へ遊びにいらっしゃれるといいですね、という話が出た。

笹川氏は富士五湖に山の別荘があり、私は神奈川県に三十五年以上経つ週末の家を持っていた。私がその景色を深く愛し、畑をし、多くの作品の舞台として使った所である。いらして頂いて、新鮮な魚をさしあげたいですね、と私は言った。その時、山と海に二軒の家が、使用可能な状態で存在する、ということは大統領も知られたはずである。既にその時、私は微《かす》かな異変を肌で感じてはいた。いつもは付き添ってくる警護《けいご》の武官の姿がなかった。

十一月二十日、大統領は辞表を出されたというが、私は二十一日になって一般のメディアのニュースを通して知った。午前中のあまり早くない時間に、私はアリトミ大使に電話をかけ、「おやめになって当面のお住まいがご必要なら、私には東京にもすぐ使えるプレハブの家がございますが」とお伝えしておいた。

その午後、財団で仕事中にアリトミ大使から、電話をほしいという伝言が入った。おかけすると、今晩、ホテルに夕食を食べに来ませんか、ということだった。先日の会食に対する「リターン・バンケットかな」という印象だった。とすれば、お断りする方が失礼に当たる。私はその夜、昔の臨時教育審議会の仲間と会合をしていたが、半分だけ出て、大統領のおられるホテルに回ることにした。

大統領、アリトミ大使夫妻と食事を頂いている時に、私の家に行ってもいいか、というお話があった。私はいつでもどうぞ、と申しあげた。その時私の方から最初に質問したことは「お出しになった辞表の効力が発生するのはいつですか」ということだった。「二時間十分後です」とアリトミ大使は言われた。つまり二十二日の午前零時から大統領は一私人になられるわけであった。それならお引き受けしよう、と私は思った。しかし、このマスコミの包囲の中を、どのようにして出られるのか、私には見当がつかなかった。

私は数室離れたところにあるSPの部屋に赴《おもむ》いて、大統領のご意向を伝え、前大統領、つまり一私人となられた方の警護はどうなさいますか、と質問した。私はSPに、直接大統領に会ってご意思の確認をし、移動の日時、方法などをお話し合い頂きたい、と言った。実は私は「少しアタマのおかしい人間」と思われることを用心していたのである。

警護側の質問も、冷静なものだった。大統領が解任された（その時はまだ誰も罷免《ひめん》とは思っていなかった）ということは、どうして証明されますか、とＳＰは尋ねた。

「向こうのテレビが発表するでしょう」と大使は言われた。しかし、ＳＰは「テレビだけを信頼することはできません。どこからそれを証明する文書が出ますか」と言った。大統領は、ペルー政府から送られてきて外務省に提出される書類の写しを渡すと言われた。

ホテルを去られる方法については、私は関知せずにホテルを出た。明日まで状況が変わらず、家においでになるなら、私の仕事が終わって自宅に帰る午後三時以降お待ち申しあげます、とだけ言いおいた。

「脱出作戦」と言うなら、それは静かに予定通り行われた、と言うべきなのだろう。

明らかなことは、私はフジモリ氏が大統領ではなくなった時点で家にお迎えしたということだ。リマの日本大使公邸人質事件の時、一人の日本人の犠牲者もなく全員生還できたことに、私たちは感謝を忘れるべきではない、と私は思っている。

また私は「その時たまたまその場にいた」から、運命に従った。それ以来、私は大統領をかくまったことは一度もない。誰も尋ねなかったうちは、私は黙っていた。しかし、最初に訪ねてきた新聞記者には「はい、いらっしゃいます」と明確に答えた。逃げも隠れもするつもりはない、というのが、フジモリ氏のご希望でもあったからだ。

第3章

人間が人間になるために

「自由」に甘えた教育の落とし穴

戦後教育の失敗を挙げたら、それこそ一冊の本になるだろう。それは教師と親と社会の、すべての立場の失敗であって、誰《だれ》か一人のせいにしてはいけないものである。

人間が生きるということは、すべて肉体と精神と二つのものから成る。こんなことは、昔なら改めて言わなくても刻々と体でわかり得たことであった。朝起きて、水が必要だと、井戸のポンプを押して水を汲まねばならない。ご飯を炊くには薪《まき》割りが必要だし、洗濯機などというもののない時代に浴衣《ゆかた》を一枚洗うとすれば、それは腕力の要《い》る仕事であった。

人間は肉体の二つの目的を知っていた。生き延びることと、さらに機能的に労働に耐えるように体を開発すること、この二つである。昔は生き延びることさえ容易ではなかった。抗生物質がなかった時代には、下痢でも、肺炎でも、盲腸炎でも、結核でも、人は簡単に死んだ。今の日本では生き延びることが当然となった。しかし世界的にはいまだにそうではない。日本人はそこから考えが甘くなった。

体の訓練の基本は素手で行うことから始まる。長距離を歩く、泳ぐ、木に登る、物を運ぶなどということができてから、道具を使うものに移行する。穴を掘る、登山用具を使って山に登る、オートバイを乗りこなす、ということになるのだ。水泳でも、本来は流れを泳ぎ切る、長く浮いていて助けを待てる、というのが普通の人間の目的であって、○・何秒を争って速く泳ぐというオリンピック的発想は、本来はさして必要ないものである。

昔の生活はすべてこの基本から自然に出発した。薪を担げなければ、今夜のご飯が炊けない。穴が掘れなければ死者を埋葬できない。東海道五十三次を歩かなければ京に着けない。

体力と知能は完全に二輪車の二つの車輪のようなものである。どちらの力も同じように伸ばすのが教育である。それにさらに第三のものが加わらなければ、教育は完成しないし、人間らしい人間もできない。それが徳の力とでも言うべきものである。

普通には「知、徳、体」と言われるその三つのものの中で、あえて必要な順を挙げれば、私は、徳、体、知の順序になる、と思っている。しかし世間は、まず知、それ

からずっと軽い意味で体、と思って来たように見える。徳などというものに至っては
その存在さえ、たまにしか耳にしない。

昔の修身、今で言う徳育、あるいは道徳を教えることがむずかしい、という言葉を何度か聞いたが、私はついに理解できなかった。算数を教えるには技術が要る。しかし盗んではいけない。人を殺してはいけない。人に迷惑をかけてはいけない。人にはあいさつをし、親切にする。こんなことは誰にでも教えられることではなかったのか。

大切な順が徳、体、知、である理由を述べる。生まれつき体が悪くて、労働はできないという人もいるが、その人が人間としての尊厳を失うことは少しもない。それは徳の力を持っている場合である。

徳というのは、人間関係の正《ただ》し方であろう。人は一人で生きているのではないのだから、さまざまな関係が生じる。それぞれに「常識的に正しく」対応するのが徳である。

結婚というのは今のところ全世界的に一夫一婦制度のことを指す。そうでない社会もあるが、次第に一夫一婦制度の方に傾いている。結婚というのは、その制度を承認

いたします、という意思表示をしたことだ。そんなばかばかしい制度に従うなんて真っ平だと思えば、結婚しないで一生誰とでも付き合っていく自由があるのだから、結婚しておいて姦通《かんつう》の味が堪《たま》らなくいい、などとふざけたことを言うな、という感じである。もちろん人間の世界には、どんな卑怯《ひきょう》さも薄汚さも日常的にあり、誰もがその要素を持っている。そういう場合は、こっそりとすることなのだ。そこに分裂した人間性のおもしろさがある。結婚していても夫以外の男と寝たって仕方がないじゃないの、と公然というのは、戦争に勝った方が略奪・凌辱《りょうじょく》をしても当然じゃないの、というのと同じタイプの思考である。

徳の力などと言っても、そんなに複雑なことを教えるのではない。複雑なことは、誰にも教えられない。自分か他人か二人に一人しか生き残れないというような場合に、生きるチャンスを人に譲るかどうかなどという決定は当人が生涯をかけて考える他はない。ただ教育は、こういう選択もあるという例を見せ、他人のために死んだ人は普通の人間にはできない勇気ある選択をした、ということを教えられるだけである。

「人権」は権利として要求するものではない

私が言っている徳育というのは、もっと単純なことだ。朝起きたら「おはようございます」、帰る時には「さようなら」、うれしければ「ありがとう」を言うこと、小さなことでできたら人に親切にすること、礼儀正しいご飯の食べ方、人の幸福を喜び、それを態度で見せること、そんな程度のことである。それさえできない人が、その辺にたくさんいるので、ほんとうに驚くことがある。そんなことさえ教師は教えず、その補完を親も果たさなかったのだ。

多分「人権」とか「権利」の思想が、大きく間違って戦後の日本に作用したのだろう。人権というものは、ほんとうは権利として要求するものではない。誰もが人間的に生きられるように整備する社会の側の基本的な態度であり、思想だろうと思う。

一度南米やアフリカに行って、どこか貧しい国の首都から、少なくとも一〇〇キロは離れた村に入ってみるといい。もうそこは日本人の叫ぶ人権などというものが存在する世界ではないのである。貧しさがそんなものの存在をとうてい許さない。一日に一度しか食べていない家庭は決して珍しくない。食べ物は幸運にあっても、栄養は偏《かたよ》っている。貧しい家庭では子供は五歳、六歳から労働力と見なされるから、学校になど出してもらえず、生活のために働く。ほとんどが無医村だから、病気になっても苦しんで生きている他はない。医師のいる町までバスがなければ、病人が三〇キロも五〇キロも歩けないからである。

電気がないから、深い井戸から水を汲み上げることもできない。生まれてからお風呂に入る、衣服を洗う、ということを知らない人たちもたくさんいる。一枚をぼろぼろになるまで着続けて、それで捨てるのである。

日本人は、民主主義が当然で善だと思い込んでいる。しかし前にも書いたように電気のない土地には、民主主義は成立し得ない。電気がなければ平等に正しく選挙の立候補者の意見を知らしめる方法もなく、選挙の結果を集計する手だてもないからだ。そういう土地では当然就学率も低いから、字の書けない人もいるし、電池が買えない階層には、民主的選挙制度を適用しても、ラジオやテレビを通して立候補者の意図を伝える方法もなく、投票のために遠くまで行く交通手段も、的確に票を集計する方途もない。

第一、部族を超えて政治の代表を選ぶなどという思想は全く考えられない。電気がない土地では族長支配が行われている。

民主主義が世界的には通用しない、ということさえ、知らない日本人が多すぎる。これは自然保護も同じである。自然は、今でも多くの土地で人間にとって大きな脅威《きょうい》の対象である。まず、マラリアだ。森に住む人たちは、森の木を切って、風を通し、土地を乾かし、少しでも蚊を避けてマラリアに罹《かか》らないようにして生き延びねばならない。今でもアフリカなどでは、マラリアの予防はどこから手をつけていいかわからないほどの大きな問題である。

しかし日本人は、既に人間に管理された安全な自然の中で「森を切るな」「川をいじるな」「ダムを造るな」と叫ぶ。中国の揚子江の洪水を見れば、治水が今も昔も重大な国家的任務だということには変わりない。

日本の近代化、産業国家として成り立つことを可能にしたのは、この上なく上質な電気がほとんど停電ということなく、年中供給されてきたからである。洪水もめったにない。津波警報はきちんと出される。地震の後にはすぐ被災民に対して水も食料も供給できる。

これだけの組織を持った国家に住むと、その他の国々がどれほど弱体か、全くわからなくなって、ただ不満だけが残るのである。

その電力のエネルギーはどこから、どうして持ってきたらいいのか。このすばらしい組織で供給される食料や水の自給はどうしたら続くのか。産業廃棄物は当然出るとしたら、どこにどうしたらいいのか。そのようなことは考えずに、ただ「自分の不利益になることには黙っていない」ことが市民の権利だと教えた教師たちがいた。

教師たちが労働者だと自分たちを認識し、「受けることが権利」だと言った瞬間から、教育は崩壊の道をたどった。聖書は二千年前からはっきりと別の思想を書いている。「受けるよりは与える方が、さいわいである」（使徒行伝二〇章三五節）。そしてその思想を時流におもねて変えたこともない。

与えること、いや、与えさせて頂くこと、が光栄だとは、ほとんど誰も教えなかった。

戦後教育は「市民の義務は権利を要求することだ」と教え、「自分の不利益には黙っていないことだ」と訓練した。

その結果、日本人には「大人のくせして」与えられることばかりを期待して人には与えることをしない精神的幼児と、もらうことばかりを堂々と要求する人があふれたのである。この現象は若い者ばかりではない。壮年も老年も同じだ。家族や社会や国家が、そのような要求を満たすことができるかどうかも全く考えず、仮にできたところでその費用は誰が負担するのかさえも考えずに、自我の要求を非現実的に臆面《おくめん》もなく言い張る人が増えた。

受けるだけでなく、与えることも大事

受けてだけいると、無限に要求するようになり、しかもその欲望は決して満たされることはない。しかしもし与えることを知ると、それはたちどころにその人に満足と喜びを与える。人は受けることと与えることの双方によって、初めて健全に満たされ

るのである。こんな簡単な原則さえ、戦後教育は教えるのを忘れたのである。

人に与えるにも、受けて感謝するにも、体力と忍耐力が要る。また教育は或《あ》る種の危険と嫌われることを覚悟の上で行うものだ。それさえも卑怯な大人たちは、自分の人気と責任を恐れて避けた。だから子供は、耐久力も忍耐の精神も持たない人間になった。

もちろん絶対多数の子供たちはそれらの悪環境に打ち勝って自らを教育した。不幸な環境に打ち負かされて自己の生涯をめちゃくちゃにするよりも、自ら耐えることを選んだ。すぐ「きれる」子供たちは、自分自身で自分を教育することに失敗したグループである。

改めて言っておくが、私が提案した奉仕活動への動員は、決して兵役ではない。戦争と結びつくいかなる技術を習得させるものでもない。しかし国民総動員という形で、自分の意思にないことをさせられる理由はない、という当節はやりの思想は間違いである。

どこの国でも、社会をおおまかなところで健全に、惨めなものにしないで済ませるには、誰もが、自分のしたいだけのことをしていて済むものではないのだ。すべての人間は、どこかの国家に属している。ナショナリズムというものは、選択可能な信条ではなく、それによって「食う」「基本的生活をさせてもらう」ということなのだ、と私は最近理解するようになった。人はその国家の仕組みを、教育、福祉、医療、交通や通信設備などの分野で利用して生きる以上、当然いくらかその社会に「いやでも」奉仕する義務がある。

「愛」を教えたか？

日の丸と国歌は、戦争の象徴だから、拒否するのが当然だと多くの教師たちが言った。そう思わなかった人も、その考えに妥協した。実に戦後教育の一つの特徴は、自分の思想を持たず、信念を貫く勇気を失ったことであった。教師も親も社会も「ものわかりのいい人」「当世風人道主義者」と言われることを望み、そのためにへつらうような行動を取ることも多かった。

私は世界の約半分、百四カ国を見ただけだが、国旗と国歌なしでやっている国をまだ知らない。国旗と国歌に対する尊敬の表現は言語も通じず、習慣も違う別の国家と国民に対する、基本的で最低の礼儀である。

日の丸が血塗られた旗だと言う先生に聞きたい。日本人は戦争で約三百万人の人命を殺傷したが、戦後の人工妊娠中絶によって何人の胎児を殺してきた、と思うか、と聞きたい。数千万は確実、一億人以上という人もいる。私たちは反対の声も上げられない最もか弱い人命を抹殺《まっさつ》してきた。日の丸が血塗られたのは、自由を標榜《ひょうぼう》する戦後の方がもっと激しい。

「人道主義」を推し進めるには、最低限、自分が物質的、時間的、労力的に損をする覚悟が要る。さらに究極的には自分が死ぬ覚悟さえ要る。それができないなら、卑怯者に甘んじて「人道」などめったなことでは口にしないことだ。

人は自分の出自をはっきりと記憶していなければならない。人間はターザンに近い暮らしから出てきたのだし、今でもそれに近い暮らしをしている人はたくさんいる。それなのに、私たちは飲み水で体を洗うことができるほどの贅沢《ぜいたく》をして、空調のある室内で暮らしていたり、働いたりしたりしている。

その自覚がないと思い上がり、人間としての基本的な姿勢が身につかない。

人生は原則としては、残酷なものだ。私たちは必ず死を約束させられており、勉強したくても貧困や病気のためにできない人、家族と別れて何年も出稼ぎに出るのを余儀なくさせられる人たち、なども、どれだけいるかわからない。国民健康保険とか生活保護などというものなど聞いたこともない人たちの方が、世界には多いのだ。しかしそういう人たちは、一方で日本人が失った一族・家族ができる限り不運を背負った人を家族ごと面倒を見るという温かい人間関係も残しているのだ。

人権では人間の尊厳は守れない。人間を人間たらしめるものは、制度的な保護を整えると同時に、我々がどれだけの愛を持てるか、ということにかかっている。その愛もおきれいごとでは達成できない。

必ず死を約束された有限の生である人の生涯の苦しみを十分に知り、棄てたいと思うような相手でも理性で棄てることをせず、執拗《しつよう》な利己主義と戦いつつ得られる人間としての道を確立しなければならない。

その愛を教育は教えたか、ということだ。

❖「与える」ことの喜びを知るために

日本人の精神が、一部の人たちの間で崩壊しかけている、と言われ出して、その現象はますます顕著《けんちょ》になっている。

大東亜戦争は日本人の命を三百万人ほど奪ったが、戦後教育の結果は人工妊娠中絶で約一億の命を抹殺したことは先に述べた。戦争中の教育が帝国主義の思想で若者たちの命を奪ったとすれば、戦後教育は人の命をここまで利己主義にし、脆弱《ぜいじゃく》にし、凶暴にした。どちらが大きな悪だったか、ほとんど同罪とも言える。

教育改革国民会議はこうした危機感の中で発足し、実に妥協のない論議が続いているから、もし役所にやる気があるなら、必ず幾つかの改革は可能だろう。

しかし「できない理由」を述べることに関しては天才的な霞が関が変革を望まなければ、何一つことは変わらない、という結果を見るだろう。国民はその変化を監視することだ。

私が出した提案の一つは、日本人の若者たちをすべて、それぞれの教育と成長の過程において、奉仕活動に動員することである。

その奉仕活動とは、次のような制度である。

小学校と中学校は、九月初めの二週間、各地の質素な施設に分宿、作業させる。共同の大部屋。冷房なし。風呂はシャワー。テレビは夕方だけ。電話も携帯は禁じる。そして、国有林の下草刈り、老人ホームの手伝い、海浜や里山《さとやま》の整備など、あらゆる仕事をさせる。この指導に青年海外協力隊のＯＢ、各作業に精通したシルバー・ボランティアが当たる。

満十八歳に対しては、就職、大学入学の決定した後の四月初めから一ないし二カ月間を動員する。中卒で既に社会で働いている人たちも同じ期間に動員する。これを学校や社会の正規の教科として組み入れ、予算処置を講じ組織を作ることである。

これは前段階的な試みで、できるだけ早い将来に、満十八歳で一年ないしは二年の奉仕活動を実施する。これでほとんど老人介護に関する人手不足の問題は解消する。

恐らく多くの若者たちは、これで人が変わったようになって帰る。彼らはほんとうは耐える力も善意も持っている。それを引き出し、与える喜びを知らせ、肉体労働の必要性を認識させれば、青年たちは堂々たる大人になるのである。

郵便はがき

おそれいりますが
切手を
お貼りください

102-8519

東京都千代田区麹町4−2−6
株式会社ポプラ社
一般書事業局　行

お名前	フリガナ	
ご住所	〒　　-	
E-mail	@	
電話番号		
ご記入日	西暦　　　年　　月　　日	

上記の住所・メールアドレスにポプラ社からの案内の送付は必要ありません。□

※ご記入いただいた個人情報は、刊行物、イベントなどのご案内のほか、お客さまサービスの向上やマーケティングのために個人を特定しない統計情報の形で利用させていただきます。

※ポプラ社の個人情報の取扱いについては、ポプラ社ホームページ（www.poplar.co.jp）内プライバシーポリシーをご確認ください。

ご購入作品名

■この本をどこでお知りになりましたか？

□書店（書店名　　　　　　　　　　　　）

□新聞広告　□ネット広告　□その他（　　　　　　）

■年齢　　歳

■性別　　男・女

■ご職業

□学生（大・高・中・小・その他）　□会社員　□公務員

□教員　□会社経営　□自営業　□主婦

□その他（　　　　　　）

ご意見、ご感想などありましたらぜひお聞かせください。

ご感想を広告等、書籍のPRに使わせていただいてもよろしいですか？

□実名で可　□匿名で可　□不可

一般書共通

ご協力ありがとうございました。

第4章

人間は一筋縄ではいかない

若者を大人にするシステム

シンガポールの私の知人の家では、今年十八歳で高校を卒業した孫が、徴兵で「兵隊さん」になった。家族も私たち知人たちも、急にその子のことを「兵隊さん」と呼ぶようになった。ことに日本人の私は、終戦以来、応召して「兵隊さん」になる子供など身近に見たことがないので、心配しながらその変化を興味津々《しんしん》で観察してしまうのである。

その子は小さい時から眼鏡をかけて、食欲もあまりなく、食事の時でも黙っていると食べるのを止《や》めて本を読んでいるような子だった。その上かなりの偏食で、野菜はほとんど食べない。そんな子が「兵隊さん」になったらどうなるのだろう、と誰《だれ》もが心配していた。

シンガポールの社会には、自分たちの国は自分たちで守らなければならない、という大前提がある。地続きのマレーシアとも海のすぐ向こうのインドネシアとも、それぞれに常に小さなもめごとは続いているし、どこからか入ってこられれば、この小さな島国はひとたまりもない。だから「兵隊さん」になることは、社会と家族に対して当然の義務である、と皆が考える地盤はある。

その上、軍隊の教育が必ず人間を作るということも皆が信じている。軍隊は知識よりも全人的なものを鍛《きた》える上での、いい「場」であるらしい。当然かもしれない。毎年多数の十八歳を受け入れて、社会問題にせず、むしろ親たちの期待に応えて返すという責任はなまなかな技術ではできない。ごくまれに、環境についていけなくて自殺する子もいないではないらしいが、そういう子が多かったら、誰よりも親たちが黙っていないのは世界中同じだ。

極端な偏食の子だって、食べなければ生きていけないのだから、少しずつ治っていく。家庭で叱《しか》ったってなかなか効果は出ないが、軍隊の無言の矯正力はかなり有効である。

家にいれば、当然自分の部屋を持つ子が、十二人の大部屋で集団生活をするのだから、それだけだって大変な変化だ。兄弟のいない子供も、自然にお菓子を分け合うようになる。けんかしないかと祖母が聞いたら、疲れるからけんかなんかする暇もなく眠ってしまう、と言われた。不眠症の子供でも、治らざるを得ないようになっている。

新兵さんたちのうち、大学へ進む予定の子は、そういう子供たちだけ集められて教育を受ける。その方が効果が上がるし、将来を通じての友情もできやすい、と軍は体験上知っているらしい。

しかし学歴は同じでも、経済的、人間的な家庭の状況は決して一様ではない。十二人で寝起きすれば、この世にはさまざまな家庭があって、それなりの問題を抱えていることを知る。すると、それに耐えて生きている友達を尊敬するようになるから、俗に言う貧富の差など全く度外視して生涯続く友情が生まれる。

私は新しい「兵隊さん」の父親が兵隊さんだったころも知っている。ある日その知人が、「息子に頼まれたから、ガンオイルを泥棒市に買いに行かなきゃ」と言ったのである。「教育ママ」という言葉はそのころからあったのだが、「兵隊ママ」というものがいることを知ったのは、その時が初めてだった。今でもシンガポール中に「兵隊ママ」があふれている。息子に休暇が出ると、軍が地下鉄の駅までバスを出してくれるのを待てずに、「兵隊ママ」たちは衛門《えいもん》の前まで車で迎えに行くのである。「兵隊さん」の家にはメイドさんが一人いる。同じ敷地内の祖父母の家は非常に広いから、メイドさんを三人も使っている。四人ともマレーシアやフィリピンからの出稼ぎである。彼女たちは自国では働く所がないので、近くのシンガポールまで出稼ぎに来ているのだ。自分が家族と別れて働きに出ているからこそ、老人や子供たちをとにかく食べさせ、子供を高校へもやれるのである。

自分の家庭にメイドさんがいると、ブルジョアのばか息子ができることももちろんあるだろうが、そうばかりとも限らない。子供たちは自然に幼いうちから、厳しい生活と闘っている人間のけなげさを身近に見ることになる。

しかしもちろんメイドさんのいる家で育つと、子供たちはトイレの掃除も、お皿洗いもしたことがない。しかし新兵さんは当然のことながら、便所掃除も任務の一つだ。汚い仕事ができるようになれば、人間は心理的に自信がついて恐怖から解放されるのである。

高校に行っていた時、「兵隊さん」は運転手付きのベンツで送り迎えをしてもらっていた。学校が路線バスから離れた不便な土地にあったからだが、軍隊では、足を引きずりながらでも二十数キロを歩かされる、という日があるらしい。熱帯の気候の中で、へとへとになって帰ってくると、そのゴールに保護者が待っていて、そこで新兵さんの卒業行事が始まるという演出なのだそうだ。限界に耐えた姿を見るのは、親にとっても子供にとっても、やはり素朴に誇らしいことなのである。

軍隊での訓練で、ほとんどの子供は、見違えるような大人になるという。兵士というものは、人を殺すだけが目的ではなく、同胞を守るものだということを知るのだ。高齢者をいたわったり、婦人や子供の命を救うことに働くことも覚える。サバイバルの技術もしっかり身につけてたくましい人間になる。

世界中のほとんどの国が、軍隊イコール悪だ、などとは思ってはいない。必ず侵入者はいるのだから、自衛は国民の当然の義務だという現実認識がある。泥棒がいるから鍵屋《かぎや》がいるのだが、誰も鍵屋を非難したりはしない。自分の国を自分で守れない国こそ危険でおかしいのだから、当然若者はその責任を負うことになる、と理解している。

　それでも、誰でも子供は一人だって殺したくない。だから、戦争はあらゆる方途で避けようとする。シンガポールも他国とは幸い小競り合い一つしていない。しかし軍備は怠らない。そして、軍隊が学校の教師がなし得ない部分の教育を受け持つ。悪くはないシステムである。

自立心をうながすのも援助の仕事

　いつのころからかはっきり年代を示すことが私にはできないのだが、世界には難民《なんみん》と呼ばれる人々が発生するようになり、それからしばらくして、難民救済《きゅうさい》の世界的組織ができるようになると、その組織からの救済を当てにして暮らす人々が存在するようになった。

　たとえばネパールの東部で国連難民高等弁務官事務所（ＵＮＨＣＲ）の経営する難民キャンプには、二軒長屋の住居一棟に対して一個ずつのトイレが設備されていた。

住まいは日本人から見るとほんとうの掘っ立て小屋だが、この衛生設備だけでも画期的なものなのである。

その他、決まった曜日に、炊事用の灯油や、粉や砂糖などの基本的な食料の配給もある。医療は多くの場合、登録された難民は無料である。

そこで利にさとい人間の共通の選択として、難民という資格に居座る人々が出るようになった。私が秘《ひそ》かに名付けている「難民業」という新たな「業」と「資格」の発生である。

ネパールでも、ある難民キャンプでは、周囲の一般の人々の暮らしより難民キャンプの方が保護されていて生活が楽だということになった。この比較が嫉妬《しっと》を生むようになった。

もうずっと昔の話だが、レバノンのパレスチナ難民キャンプでは、一家十人が一間で雑魚寝《ざこね》するような掘っ立て小屋から、朝になると剃刀《かみそり》の刃のようにきちっとズボンをプレスした青年が、キャンプ外へ働きに出る姿もあった。ある難民はカットグラスのコレクションを持っていて、私を驚かせた。

私はどういう風に自分の心をまとめたらいいのか、わからない。もちろん難民たちは、疲労や飢餓、病気やけが、地雷を踏むなどの理由で死亡するケースが、穏やかな生活を許されている私たちより、はるかに多いであろう。私が働いている小さなボランティア・グループも、コソボの問題が膠着《こうちゃく》しそうになった四月初め、素早く国連難民高等弁務官事務所に一〇〇〇万円を送った。大量の難民が発生した場合には、送金は早ければ早いほど効果を発揮する、と思われたからだ。そして私自身、寒さにも弱ければ、長い距離を歩けるとも思えず、飢えに襲われたらすぐ取り乱すことを知っている。家を破壊され郷里を追われた人々のことを考えると、自分がなぜそのような不運に遭《あ》わないで済んでいるか、申しわけないような気さえするからである。

しかしそれにもかかわらず、私は最近、一〇〇％支援という援助の方式に、深い疑問を感じるようになった。結論から言うと、たとえば一〇％であれ、自分で何とかしますと、後の九〇％が足りないので、何とか助けてください、という所以外は、援助のお金は出すべきではない、と考えるようになったのである。

先日、私はモンゴルへ行き、ウランバートルで孤児院を訪問した。柳絮《りゅうじょ》の季節であった。雪のように白い柳絮がひときわ吹き溜まりになっている建物が、孤児院だった。

ウランバートルには冬季零下三〇度にもなる寒さを避けて、マンホールの中で暮らすストリート・チルドレンが三千人もいるというが、孤児院には百四十人の孤児たちが収容されていた。両親の死亡した子がほとんどで、片親が病気とかアルコール依存症とかで子供を育てられないようなケースは十八例だけである。

そこで経営上の話を聞いた。

学校側は一九九〇年以来、国からの支援は全くなくなったことを強調する。運営費には約三〇〇万円かかるのだが、このうち一二〇万円ほどしか手当てができない。食費に約四八万円を借り入れ、被服費に六〇万円がかかる。「古いシャツやセーターなどをくれる人はいないのですか。私の卒業した学校では、赤ちゃんの古着など、皆同級生が回して着せて育てるのですが」と私が言うと、モンゴルにはそういう習慣はないから、くれる人がいない、と言う。「何より困るのは、発電所で沸かしているお湯を市内に配る集中給湯暖房設備があるのだが、孤児院の配管がだめになっているので、お湯をもらえない。今年の寒さも相当のものだった。来年は生きて冬を過ごせるかどうかだと思う。しかし今日ここに日本人が来たというのは、何かの縁だろう。もしかすると日本人が配管を取り換えてくれるかもしれない、ということを期待している」という言い方である。

可哀相な孤児たちが凍えそうな思いをしているというのに、政府は何をしているのだ。給湯設備の取り換えは、日本円で計算してみると約四〇万円ほどだった。誰だって出してあげたい、出してあげられる、と思うだろう。しかしそれをやっていたら、政府は自国民の不幸な人たちは、どうしても自国の責任において救わねばならない、それが国家の使命なのだ、と思わなくなる。

私の働いているボランティア組織では、できれば途上国の事業計画にかかる費用の五一％は申請者が出すことを原則として考えている。もちろんそんな理想的ケースは多くないのだが、それが自助努力《じじょどりょく》というものだ。助ける私たちの方でも、残りの四九％を支援するのだから「うちがあそこの暖房、全部なおしてあげたの」などと思い上がることなく、謙虚な気持ちを持ち続けられる。

モンゴルにも同情すべき点は多い。まず人口（二百三十一万人）が少ない。牧畜という国内主要産業は、個人の収入を把握しにくい。従って課税がうまくいかない。

しかしこれからは、全額援助といった形態だけは、どこの国に対しても止めるべきだろう。別に申請者が五一％、援助する側が四九％という比率に固執する必要はないが、自らを助けようという意思のない相手は、お金を出せば出すほど、依頼心が強くなる。政府は怠ける。出さないことは辛《つら》いが、私たちはその国の自立を考えるために、悲しみを持って理性に殉ずべき時に来ていると思う。

単純な善玉悪玉論が支配する世界

一九九九年の初め、NATO（北大西洋条約機構）の空爆の可能性を理由に、ミロシェビッチ大統領（ユーゴ連邦）にコソボからの撤退を説得していたころ、アメリカのクリントン大統領は、「世界の人々に」「新たな時代の黎明《れいめい》」を告げるというスピーチをした。

私はごく最近になって、それをヘラルド・トリビューン紙によって知ったのだが、それは次のような内容である。

「もし誰かが、アフリカ、中央ヨーロッパ、あるいは他の場所に住んでいる罪もない民間人の後からやって来て、人種、民族特有のバックグラウンド、宗教などの故に大量虐殺《ぎゃくさつ》をしようとしたら、そして、それらのことが我々の止められる範囲にあるならば、私たちはそれを止めよう」

この言葉は、演説として実に効果的にできている、というべきなのだろう。トーンが高い。正義感に満ちている。理想的である。道理にかなっている。誰でも、大量虐殺が不法であるということは知っている。反対する理由は全くない。しかしそれ故に、私は歴代の大統領の中でも、クリントンという人は、幼いという感じをぬぐえない。

理由は簡単だ。私は複雑な人間ではない。

第一に、誰かが誰かを殺す時、先にいた方が殺される側で、後から来た方が殺す側だ、という図式そのものが、すでに単純なのだ。後から来た方が殺す目的でやって来たのなら、先にいた方も純粋でもなければ無垢《むく》でもないというケースも多い。人間は大体、同じ条件に置かれれば、ほとんどどの人種も同じ反応を見せるという原則は変わっていない。ヨーロッパに行ってみれば、日本人がアルバニアとセルビアを分けて、善玉と悪玉として考えていた関係など、いかに単純な図式だったかがよくわかるだろう。

第二に、殺される側に罪があるかないか、などと考える風習は、もはや世界的になくなっているということだ。その事実は、クリントン大統領の足下のアメリカが一番よく示している。コロラド州のコロンバイン高校で起きた銃撃を体験したアメリカでは、最近こうした学校襲撃による大量虐殺の巻き添えになるのを恐れて、家庭で子供をコンピューター学習させる家庭が増えてきているという。

日曜日に教会に集まっている人々は、とにかく皆が集まり、あいさつを交わして、親しくしゃべっている。彼らは同じ神を信じ、その神に愛されようとしている。それが気にくわないから教会を襲撃する、という孤独な犯罪者も出た。通り魔的な無差別犯罪者は、自分が親に棄《す》てられたり、他人が自分の才能を認めなかったりしたから、誰でもいいから殺すのだ、ということになる。クリントン大統領の挙げた犯罪の理由など、いかに皮相的であるかはよくわかるであろう。

さらに、こういう言い方もできる。コロンバイン高校の殺人より、まだしも宗教や種族的復讐《ふくしゅう》の闘いの構図の方が、理由は通っている。

映画『アラビアのロレンス』に出てくる一シーンでは、遊牧民の水に関する掟《おきて》がドラマを作った。「他部族のオアシスからは、たとえ一杯の水といえども断りなく飲んではならない」という掟を破ったロレンスの従者は射殺され、ロレンス自身は（もちろんそのルールを知らなかったはずはないが）外国人故に知らなかったものとして見逃された。

世界は、昔も今も、人種、民族文化、宗教の違いの故に、対立してきた。対立は悲惨だが、それが生きる最大の目的ではあった。その数千年にわたる習慣と、彼ら自身が継承してきた正義の基準が、一アメリカ大統領のご託宣《たくせん》くらいで変わるわけはないのである。

　こういう認識こそ、ホワイトハウスの中に閉じこもって暮らし、側近にいいブレインがおらず、自分たち先進国の利益しか頭にないアメリカ的な政治感覚が、世界から浮き上がる危険性を予兆するものである。もっとくだけた言葉で言えば、「正義のお巡りさん面《づら》は、子供の劇画の筋」ということだ。

　もっともアメリカだけでなく、ヨーロッパの指導者たちも、もはやアフリカのことはほとんど念頭にないのだ、ということが最近よくわかった。もちろん一部の学者などは、アフリカの諸問題に常に取り組んでいる。しかし、アフリカは放っておけば、自然にどうにか決着がつくという感じである。どう決着がつくかは、私が予測できることではないが……。

　コソボ、東ティモール、あるいはアフリカのあちこちで起きた抗争、虐殺は、ほとんどすべて、人種、民族特有のバックグラウンド、宗教の故に起きているのだ。最近では、経済や産業の改革のために、殺人や虐殺が起きることなどほとんどない。

それを止めるためにアメリカは、新たな殺人を犯さなくてはならない。それがNATOの空爆である。自分が善人と思う人を救うために、自分が悪人と判断した人を殺していく、と断言することも、ずいぶんと勇気の要《い》ることだ。なぜなら、その判断は当たっているかもしれないが、紙一重の差で狂うかもしれないからだ。

東欧からの難民が押し寄せたイタリアでも、コソボ問題は複雑な捉《とら》え方をされている。ミラノでは、ロマたちがますます増えて街頭に繰り出し、美女で名高いアルバニア系難民女性たちは、夜の姫君として大量に活躍しだしたのだ、と住民は言う。流入アルバニア人が増えてから、麻薬関係の犯罪も増加した。

一番の解決は、誰もがどうにか食えるようにすることだ。人間は食べられると、犯罪も犯さない。寛大にもなる。肌の色や宗教が違っても、分離して暮らし、理性的接点を幾つか見いだすことも、それほどむずかしくない。

しかしアフガニスタンは、今年ヘロインの原材料であるケシを、今までの三倍に当たる五〇〇〇トン生産した、と国連は発表した。これは他国と合わせると、今までで最高の生産量である。ケシしかできない土地に生きる貧しい農民に、いい金になる作物を作るな、ということも実にむずかしい。

介護の意味を変えうる視点

老人は子供に還《かえ》る。赤ちゃんが夜も昼もなく、泣いたり、おむつを換えたりしなければならないのと同じで、老人もおむつが汚れるのはいつなのか、予測できない。赤ちゃんのおむつが濡《ぬ》れれば、親はすぐ換える。昔は使い捨ての紙おむつなどというものもなかったから、布のおむつはすぐ洗い、それが干し上がって何組もの乾いたおむつとして積み上げられると、母親は満ち足りた気分になった。しかし、おむつはすぐ汚れ、洗濯はたえず続けなければならなかった。

子供に親の介護をしろ、というのは無理なことだ、と理性的な人々は言う。私も当時は、いっそのことまとめて面倒を見た方がいい、と何度思ったかしれない。寝たきりを承知で預かってくれる老人ホームのようなところでもいいし、病院でも仕方がないとも思った。同じような境遇の友人二人と、偶数日、奇数日に交代に当直をすれば、少なくとも一日おきに解放される、と画策した時もある。しかし親たちは皆個性のある人間だから、なかなかそうはできなかったのだ。

一人で親を見ていたら、仕事を持たない娘でもつぶれてしまう。老夫を見る老妻はもっと体力がない。寝巻きを着替えさせることだけだって一苦労だ。

その上、私たちの親二人は皆家にいたがり、入院さえも嫌った。住み慣れた家から離れたり、家を新築するだけでも認知症が進む場合がある、という話を聞いていたから、夫の父が一人で住むようになった離れの陋屋《ろうおく》を、介護に便利なプレハブに改築することもできなかった。

健康な赤ちゃんは、三年、四年すれば必ず人手はかからなくなる。しかし老人介護は先が見えない。そんな時に、老人を見守り続ける力となるものは何なのだろう。

先日教会に行ったら、そこで、老人介護の基本になるような聖書の言葉があることを改めて思い出させられた。もっとも最近は宗教というと、頭から恐ろしいものとして用心の対象としてしか考えられないから、今日ここでそれを紹介するのをはばかる気分もあった。

しかし前にも書いたことがあるのだが、信仰の真贋《しんがん》を見分ける鍵《かぎ》は四つほどある。第一に、その教団が他者に入信と金を強制しないこと。第二に、教祖が神や仏の生まれ変わりだとか霊感があるなどと言わないこと。第三に、教祖と布教者が質素な暮らしをしていること。そして第四が、その教団が病気の治癒《ちゆ》や現世の幸福を信仰の代償として保証しないことである。

さて、その聖書の個所というのは、どのような人を、神は最も愛されて、自分と共に永遠に生きることを許されるのだろうか、という話である。

『マタイによる福音』の二五章三四〜四〇節には次のように書いてある。

「『さあ、わたしの父に祝福された人たち、天地創造の時からお前たちのために用意されている国を受け継ぎなさい。お前たちは、わたしが飢えていたときに食べさせ、のどが渇《かわ》いていたときに飲ませ、旅をしていたときに宿を貸し、裸のときに着せ、病気のときに見舞い、牢にいたときに訪ねてくれたからだ』。すると、正しい人たちが王に答える。『主よ、いつわたしたちは、飢えておられるのを見て食べ物を差し上げ、のどが渇いておられるのを見て飲み物を差し上げたでしょうか。いつ、旅をしておられるのを見てお宿を貸し、裸でおられるのを見てお着せしたでしょうか。いつ、病気をなさったり、牢におられたりするのを見て、お訪ねしたでしょうか』。そこで、王は答える。『はっきり言っておく。わたしの兄弟であるこの最も小さい者の一人にしたのはわたしにしてくれたことなのである』」

神はどこにいるか、ということは、いつも私の素朴な好奇心の対象であった。できれば神の視線の届かないところで、いささかの悪もしてみたかった。

ところが神はレントゲンのような視線を持っていて、いつもすべての事物と心を見通すという観念が、私の子供のころからの言動の規範《きはん》にはなっていたのである。

しかしここで神がどこにいるか、という位置ははっきりと示されている。神は、今私たちが相対している人、面と向かっている人の中にいるのだ。神は決して、現世で偉大な人の中にいるのではない。むしろ最も惨めな姿をした人の中にいる、と聖書は警告する。

この思い以上に、老いた人を見守る行為が報われると実感することはむずかしいだろう。かわいい老人もいるが、そうでない老人もたくさんいる。老人はしばしば嘘《うそ》がうまくなり、憐《あわ》れみを請うテクニックも覚え、自分勝手になる。しかし私たちは老いた人に仕えるのではなく、その中にいる神に仕える、と思うことができれば、介護の意味はかなり変わってくるかもしれない。

国連は特権階級か

ヤマト運輸から、東ティモールの復興に役立てるように、とセコハンのトラック三〇台が寄贈されることになって、その輸送費約一〇〇〇万円を私が働いている小さなNGO（非政府組織）が引き受けることになった。

援助は、必ず後の調査が必要である。金も物もあげればそれで終わりではないのだ。それが数年にわたってどう使われているか、立ち入り検査ができないような所には、たとえ国連であろうとも、金を出す必要はないと思っている。

私もそのトラックがどう使われるかを確認するために、東ティモールに入ることになった。私たちのグループは、調査の費用といえども、すべて自分持ちで、決して寄付のお金を使わない申し合わせになっている。

インドネシアでは、ジャカルタにある私の母校聖心の修道院に、シスター・井上千寿代がいて、彼女が現地での受け取りや、その後の使われ方を「監視」してくれることになった。

私が東ティモール入りをした二月十六日には、まだ民間航空の路線は首都ディリとオーストラリアのダーウィンを結ぶ線だけで、私たちはインドネシアのスラバヤからＷＦＰ（世界食糧計画）の輸送機に乗せてもらう他はなかった。ディリの町は、もう落ちついていた。危険を感じることはない。しかし、町中はすべて焼かれていた。異様に執拗《しつよう》な焼き方である。もし、私が独立反対派の民兵で、腹いせ、嫌がらせに町を焼くとしたら、目抜き通りの店におもしろ半分、火種を投げ込んでいくようなことをするだろうから、そうすると石だかブロックだかの厚い壁でできている家は、必ず一間だけが燃える小火か、半焼で終わるものが出てくるはずである。

しかし、どの家も完全に焼けているのだ。表通りに面した家だけではない。その一列裏側、さらにその奥の家も、その先一〇〇メートルほども木立の中に入った家も、すべてていねいに全焼するように焼かれている。田舎町でも同じである。こんな田舎の街道沿いや、畑のはるかかなたに建っているような家まで、完全に焼くというのは、どういう情熱だろう。乾期を狙《ねら》ったというが、素人にできる技術ではない。軍事的に放火を専門に学んだ部隊のしたこととしか思えない。

私たちが泊めてもらった修道院は、町中にあった。フィリピン人のおばあさんのシスターが二人で住んでいる。この家は焼かれはしなかったのだが、避難先から帰ってみると、ドア、ベッド、イス、テーブルなどだけでなく、食器棚、鍋《なべ》、炊事用具、食器まで、あらゆるものが略奪されていた。

今あるものも冷蔵庫は買い、食器棚は人にもらった。私はベッドが足りないのを幸い、タイルの床にシスターが貸してくれた寝袋を敷いて寝た。こういう場所では不思議とよく眠れる。バスルームの水槽から手桶《ておけ》の水を浴びる水浴も快い。

七十万人の東ティモールの人口に対して、七千人の国連関係者が、ほぼディリに集まっているのだ。ＰＫＦ（国連平和維持軍）の迷彩服と、首からＩＤカードを鎖でぶら下げた国連職員が町中にあふれているので、久し振りに昔を思い出した。終戦直後の「進駐軍」である。彼らはすべて特権階級だった。私たちには手に入らないチューインガムもチョコレートも食べ放題だった。

焼け跡の町中をドライブして海岸の道に出ると、突然、海に浮かぶホテルが出現した。「オリンピア・ホテル」という船上ホテルである。簡易桟橋《さんばし》の入り口で、今はＩＤカードがないと入れないのを、宿泊の予約をしに行くのだから、と理由をつけて入れてもらったが、フロントは国連職員以外の旅行者は泊めないという。シスターが、もし国連の許可をもらってくるとすれば一泊いくらか、と聞くと、一六〇ドルから一九〇ドルだという。

そのすぐ後で、私たちはイエズス会の神父に会った。修道院の玄関前で先輩の神父が民兵に射殺され、お墓は庭にあった。雑談の中で、あの船上ホテルで拒否された話をすると、神父はただ、この動乱の中で、自分は責任のある私立学校の先生たちに一カ月七〇ドルの月給を出すのに苦心している、と微笑した。つまり、土地の先生の月給では、あの自家発電機のごうごうと鳴る船上ホテルには半日も泊まれない、ということなのである。最近、デモが起きたのも、そういう背景があってのことだろう。国連が、どれだけ特権階級的外見と意識を自ら修正できるかが、今後の課題だろう。

その夜、私が自室の床の上に座り込んで休んでいると、シスターたちの台所兼食堂に、自動小銃を持った三人の迷彩服の男たちが入ってきた。シスターたちの穏やかな声がなかったら、私はまだ民兵がいたのかと、驚いたかもしれない。

それはオーストラリアの空軍将校たちで、一人は従軍司祭、つまり軍服の神父であった。彼らはシスターに、今日飛行機が着いたのでパンを持ってきた、と言っている。段ボールの箱に、一ダースくらいの食パンの包みが入っている。この人たちは前にも卵を一〇ダースもくれた、とシスターたちは言っていた。

彼らが、このパンを買ってきたのか、食堂係の兵隊からひねり出させたのか、私にはわからないが、彼らの一人は私に、シスターたちの所に届ければ必ず栄養状態の悪い子供たちに食べさせてくれるから、と言った。事実、町には一見そうとは見えない栄養失調児がたくさんいる。カロリー不足による痩《や》せが目立つマラスムスではなく、たんぱく質不足から来る手足、顔、腹部などの浮腫《ふしゅ》、髪の金髪化などが顕著なクワシオルコルという症状である。

一人一人の兵士は人情深い。しかし、国連が特権階級の臭気をふんぷんとさせて、決して人々の心に納得されていないことも事実である。

東ティモールの独立の未来は、暗たんとしている。農業で食べていく、と若い独立の闘士の一人は言ったが、それだけでは生きていくのが可能というだけのことだ。バナナの生える土地には、潜在的に飢餓は存在しないのである。しかし、独立を指導した人々は、その先の冷厳な事実をどこまで見据《みす》えた上でのことだったのか、責任は重い。

第5章

受けるより与える方が幸いである

私怨を前向きな人生の建設に役立てる

夏休みに、シンガポールに滞在中、ケニアのナイロビとタンザニアのダルエスサラームの米大使館爆破事件が起きた。日本は自国民に被害者が出ないと、報道もとたんに冷静になり、BBC、CNNのように現場の埃の匂いさえしそうな報道はなかった。NHKの事件の報道ぶりと違って、BBCもCNNも死者の名前など、そんなに繰り返し放送したりはしない。私はかなり長い時間、このニュースを見ていたのだが、死者の名前が画面に出されたのを見たのはたった一度である。それも名前を読み上げるようなことはせず、映画の最後に制作にかかわった人たちの名前が出る時のように——もちろん、あれよりはずっと尊厳を感じさせる画面になっていたが——無言のうちに名前が流れただけである。家族で登場したのは、遺族の娘さんが一人と生還《せいかん》した青年の母が一人だけであった。

その後に、シンガポールの『ザ・ストレイツ・タイムズ』にエルサレム発でアブラム・ラビノヴィッチという人が書いた記事が出た。

ナイロビでは事件後にイスラエルのレスキュー隊が活躍して評判になったが、日本の新聞でも、毎日新聞と朝日新聞が特派員電として報道しているのを後で読んだ。それらとは別の視点もあるので補足的に紹介したいと思う。

事件が起きたのは金曜日の早朝、イスラエルのレスキュー隊がナイロビに着いたのは土曜日の午後。距離が近いということもあるが、ほぼ三十時間ちょっとで現場入りしたことになる。それほど素早い出動であった。

この記事によると、イスラエル国防軍所属のレスキュー隊百五十人は、そのほとんどが予備役の軍人であった。彼らは普段は市民として何らかの形で、建設業に携わっている人たちであった。土建業者、溶接工、作業用重機のオペレーターなどである。普段からその仕事をしているのだから、どんな現場に到着しても、すぐに当たりを付けられる。中の二人は若い女性兵士で、レスキュー隊養成学校のインストラクターであった。

イスラエルでレスキュー隊の出動が決まったのは、ナイロビの事件後六時間目であった。六匹の捜査犬の調教師を含む隊員たちは、電話やポケットベルで招集され、十時間後には国内のあらゆる場所から、一つの軍用基地に集結した。レスキューに必要な機材、医療用品などは二機の輸送機で先発していた。

「我々は現場に到着と同時に、全員が二十四時間働いて何らかの感触《かんしょく》をつかむようにします。それからシフトを組み、ずっと作業を絶え間無く続けるようにするのです」

と指揮官の一人であるアミン・ゴーラン大佐は話している。

このレスキュー隊の最初の試験的な出番は湾岸戦争の時、イラクのミサイルでイスラエルが攻撃を受けた時に始まったという。崩壊した建物の中に埋められた人たちは、各地で全員が安全に救出された。第二次世界大戦中に国土をめちゃめちゃに空襲されたポーランドが、戦後、遺跡などの石組の再建に特殊な技術をみせたのも、すべて不幸から学んだ技術のおかげである。

レスキューの技術を維持するために、イスラエル人たちはアルメニア、メキシコ、ロシアなどの地震の災害救助に出動した。人道は根底にあるだろうが、記事はそれを売り物にしていない。技量を維持するために他国の災害を使った、とも読める書き方は日本では見られない現実的なものである。

一九七八年六月二十七日、パレスチナ・ゲリラがギリシャ上空で、八十三人のイスラエル人を含む乗員十二人、乗客二百五十六人を乗せたエール・フランス機を乗っ取り、リビアのベンガジに強制着陸させた。翌日、ゲリラたちは飛行機をウガンダのエンテベ空港に移動させた。この間、ゲリラ側との交渉に全く応じなかったイスラエル側は、イスラエルからエルアル航空のボーイング707ジェット旅客機二機、ハーキュリーズC130軍用輸送機一機を送り、ケニアのナイロビで給油、七月四日未明、ウガンダのエンテベに強行着陸して、たった三十分の奇襲《きしゅう》作戦でゲリラ全員を射殺制圧した。アミン大統領は「将兵百人を殺された」と言い、人質三人とイスラエル軍の将校一人が死亡した。人質と奇襲部隊を乗せた三機は再びケニアのナイロビで給油、朝方ラビン首相の出迎える祖国のベングリオン空港に帰還した。

今回のイスラエルのレスキュー隊の派遣はこの時、給油を許してくれたケニア政府への恩返しだという。もっともこれは私の日本的な言い方で、英語の記事は「負債の返済」という表現である。イスラエルのレスキュー隊は今回ナイロビで少なくとも三人を救出し、多数の遺体を収容した。瓦礫《がれき》の下の微《かす》かな人の声を聴く聴音器など、最先端の装備もあったようだ。

日本でもこうしたボランティアのレスキュー隊があってもいいのに、と思う。ことに土木技術者のレスキュー隊は考えてもいいものだろう。レスキュー隊のようなものを国がどれだけ力を入れて出すか、出せるかで、日本の国際社会の中での印象は大きく変わっていくだろう。今まで霞が関は、人を助けに行くかどうかという話にも、できない理由を素早く考えるのが上手だった。しかし民間は、どうしたらできるかを考えてきたのだ。

イスラエル人にできることなら、日本人にもできるだろう。向こうが既にノウハウを持っているなら、手っ取り早く教えてもらいに行って、その上で日本的なシステムを構築したらいい。ただ安穏《あんのん》に自分と家族を生かすためだけの生活だけではなく、困難や危険はあっても、生きがいのために人生ともう少し激しくかかわる場があってもいい、と考えている人は多いはずだ。それをしないから、日本人の思想も生きる姿勢も幸福感も、どれも酸欠状態になって澱《よど》んできている。

このラビノヴィッチの記事も書いていないことがある。エンテベの救出作戦の時、たった一人死んだイスラエル軍将校は、今のネタニヤフ首相の弟だったはずだ。イスラエル人はしつこいほど記憶する人々だ。好きか嫌いかは別として、記憶する国と民族は過去から多くのことを学ぶ。ネタニヤフは、不幸な事件を人間的な支援で返した。

人間は「私怨《しえん》」がなければ動かない、というのが、小説家としての私の昔からの実感である。私怨は、その人の確実な私有財産である。そして小説家というものは「私」の怨《うら》みを晴らそうとして実際の犯行に走る代わりに、その情熱を創作のエネルギーとして実に上手に使ってきた人たちの集団であった。まかり間違っても私怨を公憤などという形で、ただで社会に返したりはせず、ずっとしぶとく自分一人で陰険に所有してきたのである。

私怨が破壊的な力しか持たないというのは全くの誤りで、ネタニヤフのような使い方もあるのだ。

ひどい現実を隠したがる日本のマスコミ

この九月に、私はアフリカのコートジボワール共和国（象牙海岸《ぞうげ》）に入った。要都アビジャンから北西に三〇〇キロほど離れたところに、ズクブという町がある。その付近にブルーリ・アルサーという奇病があるのだが、その実態をマスコミや中央官庁の調査団の人たちに見てもらうためであった。

アルサーというのは潰瘍《かいよう》のことだが、この患者の発生が初めて報告されたのがウガンダのブルーリ地方だったところからブルーリ・アルサーという名前になったという。

私が初めてブルーリ・アルサーを見たのは一九九五年にズクブで働いている日本人のシスターを訪ねた時であった。私たちのやっている海外邦人宣教者活動援助後援会というNGO（非政府組織）は、海外で働く日本人の神父や修道女の活動を経済的に支援することを目的としていて、ズクブからの要請でニッパハットの識字教室を作るためのお金を送った。それを見に行って、私はこの病気を知ったのである。

それは外見的に悲惨な病気だった。皮膚が焼死体の一部のように真っ黒に変質し、爛《ただ》れ、腐り、文字通り腐臭を立てる。まだその時には病院は建設途中だったので、途方にくれて近隣の村から出てきた患者たちは、その辺の軒下に住んで、看護婦のシスターや、土地の看護士らしい人から傷口を洗ってもらうくらいしか治療方法はなかった。今でも覚えているのは、乳房が腐ってとれてしまった十三、四歳の少女と、腐肉の下から大腿骨《だいたいこつ》が見えるほどになった八、九歳の少年であった。

その時、私はこの病気はこの近くに三百人あまりがいるだけだと聞かされた。それは川に関係のある細菌感染症で、腐った部分を外科的に切除するより今のところ治療の方法はない、という話だった。

その奇病が三年経って思いもかけないところで、治療が開始されることになった。私の働いている日本財団では、前会長の笹川良一氏がＷＨＯ（世界保健機関）と協力して存在がわかる限りの全世界のハンセン病患者に治療薬を配り続けてきた。その結果紀元二〇〇〇年にはハンセン病はほぼ終息宣言を出すことを目標にしたが、それは少し遅《おく》れるかもしれない。毎年何人の患者が出るかは予想で予算を組みＷＨＯへ支出してきたわけだが、ここへ来て六〇万ドルほどの余裕ができた。そのうち五〇万ドル（約六五〇〇万円）をこのブルーリ・アルサーの研究に向けることになったのである。

私が驚いたのは、コートジボワールだけだと聞いて来た病気が、実は最近、世界的にその発生が増加し、結核、ハンセン病についで多い細菌感染症になったということだった。オーストラリアにもあり、一九三〇年に第一号の患者がビクトリア州ベアンズデールで発見されたところから、ベアンズデール病と言われているという。アフリカでは西アフリカのギニア、リベリア、コートジボワール、ガーナ、トーゴ、ベニンなどで、もはや数千では済まず、数万人単位の病人が発生しているが、正確な数はつかめない。初めはほんの小さな痛みもない皮下の結節で始まるので、患者は重大に考えず、傷が深くなってからも交通機関のない奥地に住む人たちは、なかなか医師に診てもらえないのである。

ズクブの修道院には、カナダの援助できれいな小病院ができていた。三〇床くらいだが、患者たちはこざっぱりと包帯をしてもらい、清潔なベッドに寝ている。私以外の人はこの病気を知らないのだから、患部をよく見てもらおうとすると可哀相なことになった。膿《う》んだ傷から包帯をはがすのは痛いことで、誰《だれ》もそんな思いを余計にしたくない。

しかし一人の少年がその役を買って出てくれた。彼の真っ黒な皮膚は腫《は》れ上がり、足は片方だけまるで象の足のような大きさになっている。所々無残な肉の色が見えている部分があるが、それはよくなってきた徴候で健全な皮膚が生々しい色に見えるのである。しかしたとえ治ったとしても、植皮手術が要《い》ったり、萎縮《いしゅく》したままの筋肉組織を治す手術も必要なことは目に見えていた。

その時、少年の写真を撮っていた全国紙や通信社の記者たちの中から「この写真は使えないな」という声があったのだという。それはあまりにも残酷すぎてということだろうが、私は後で聞いて不思議でならなかった。

その数日後に私たちはアビジャンからブルキナファソの首都ワガドゥグに移動した。飛行機の中で私の隣に乗った男性が読んでいる雑誌を見て、私は彼に声をかけた。

「すみません。あなたが今読んでいらっしゃる雑誌は、何というのですか」

雑誌は『フィガロ』であった。隣人が私に快く雑誌を貸してくれたので、私は私の目を引いた特集だけを見せてもらうことにした。それは南スーダンの飢餓の報道であった。

飢餓の原因はもう十五年も続いている部族間の内戦だという。そしてそのような状態が、本来ならアフリカで最も豊かな国と言ってもいいスーダンの油田の開発を遅らせている、とフィガロは書いている。飢餓のひどいのはワオを中心とした地方で、それはハルツームから一、二〇〇キロも離れており、その上雨期で、悪路では食料のピストン輸送はとても望めない。空輸は非常に高くつくから、現在国連の援助はケニアから行われているという。

記事とともに載せられているこの胸を打つような写真は、トム・ストッダルトという人の撮影したものだった。

一人の少年はマッチ棒のように痩せ細って道に四つんばいになって前を通る一人の男を見上げていた。その男は透けて見えるビニール袋にトウモロコシを入れてぶら下げている。少年の食いいるような視線はその袋に注がれていた。彼はそのトウモロコシをくださいと言ったかどうか。男は無視して歩み去った。

またもう一対の写真は母と子の写真だった。十歳は過ぎていると思われる息子はもはや人間というより立っている骸骨《がいこつ》である。彼の顔は髑髏《どくろ》に近く、前歯だけが突き出し肋骨《ろっこつ》は骨格標本のようにくっきり見えている。

「明け方、母は息子を助けて立たせた。しかし彼の顔にはもはや絶望と諦《あきら》めの色さえもなかった」

息子は死の直前にいたのである。私はうまく訳せないのだがフィガロは二枚の写真に、「まさに人間の思いそのもので」という同じ表現を使っている。

この写真は帰国後、日本の女性週刊誌が一誌だけ載せていた。人道を謳《うた》いながら、日本ではその人のあるがままの姿は報道しない。それがほんとうの人間的な反応なのだろうか。

私が目にする外国の新聞雑誌はほんのわずかに過ぎないが、それでも「あるがまま」の厳しい姿を報道する姿勢は少なくとも日本よりはっきりしている。興味本位ではないなら、死体の写真も、逮捕の瞬間も、銃殺の記録も同じ「人間の思いそのもので」報道すべきだろう。日本のマスコミのおきれいごとの報道姿勢で、日本人は世界の真相を知る方途から確実に遠ざけられている。

用心深く学び続けて謙虚になる

スリランカへ初めて調査に入って、ここでも両手を合わせる合掌《がっしょう》があいさつの方法と知ってほっとした。

昔インドシナ半島のどこかで、アメリカの戦車の前で合掌している老婆の写真に「アメリカ軍の兵士に命乞いをする老婆」という説明をつけていた日本の大新聞があったことも思い出した。ほんとうはあの老婆は、よくいらっしゃいました、と歓迎していた、と考えるのが普通である。

一つの国を理解するのは実にむずかしい。スリランカでは、私の働いている財団が

「サルボダヤ」という農村の開発運動を支援している。

大きい支援額の途上国に対しては、私が自分で成果を見に行くことにしているのだが、この運動は南西部の人口一万ほどの村で、道路や幼稚園や貧しい人たちの家の整備、宗教（仏教）教育による道徳や知識の普及、小さな手仕事的な産業の振興、村単位の貯蓄制度の整備などを住民参加の形で目指している。

村の幼稚園に行くと、必ず幼稚園の先生が保護者や関係者の前で会計報告を読み上げる。「この幼稚園建設には、日本のお金をサルボダヤを通じて五万円もらいました。残りは私たちが集めて、四〇万円になりました。建築も皆で働いて一生懸命作りました」という調子である。自助努力《じじょどりょく》を必ず要求しているのはすばらしいことだが、そうなると労賃はほとんど計算していない、ということだから、私たちの出しているお金は材料費の一部だけなのかということになってしまう。

病院建築、橋の建造のようなことなら、全額でいくら、とはっきりしているのだが、それをやったら自助努力は少しも養成されない。しかし常に運動の一部を助けている、ということになると、総額の算定はまことにむずかしくなるのである。

スリランカに入る前に、「あの国では、四輪駆動車を持っている人は、一番お金持ちですよ」と聞かされていた。

普通車は二〇〇％、四駆《よんく》は三〇〇％の税金が掛かるから、パジェロが一五〇〇万円もする。NGO（非政府組織）活動をやっている組織が四駆を何台も持っている時には、どこからそんなお金が入るのか考えたらいいということだ。しかし私にいわせると、表通りはよく舗装されていても、多くの国では、一歩でも奥に入ると泥路《みち》ということが多くて、四駆でなければ村へは入れない。その点では、アフリカでもアジアでも私は四駆の所有に甘くなる。

申請が来ているあるNGOの事務所をコロンボ市内に訪ねて話を聞いている時だった。説明の間に、一人の男性が私の肩ごしに有名なセイロンのお茶を出してくれた。その席にはたまたま現地の事情に詳しい調査助手がいた。彼はオフィスを出る時、私にささやいた。

「お茶を出した男を見ましたか？」

「いいえ」

「あの人は警備員なんです。警備員の制服を着ていました。この土地では警備員がお茶を出すことが多いんです。ほんとうに民間の支援を受けて仕事をしている貧しいNGOなら、何で警備員を雇う必要がありますか？」

別のオフィスでは、建物全体に空調設備がなかった。

「あそこは質素でしたね」

と私は言った。

「コンピューターの部屋にしか空調はありませんでした。質素でいい感じでしたね」

「この土地では、暑さは主観なんです。空調は、入れたい人は入れるし、どんなに金持ちでも、冷房は要らないと思えば入れないいんです。だから空調のあるなしで生活の贅沢度《ぜいたくど》を推測するのは危険です」

その言葉が真実であることを知ったのは、現大統領と大統領選を争って敗退したスリマ・ディサヤナケ夫人に会いに行った時である。スリランカの現代史は暗殺の連続であった。この女性の夫で大臣だったガーミニ・ディサヤナケ氏も、やはり選挙運動中、自爆ゲリラの爆発で殺されたのだが、夫人自身は弁護士で今も人道的な仕事をしており、夫の死んだ日の事を淡々と話してくれた。

夫の死後、ひっそりと暮らしている夫人の家は優雅に整えられていたが空調はなかった。そして夫人は、帰りのタクシーを呼んでくださいという私に、ベンツが壊れているので息子の四駆でお送りします、と言ってくれた。


スリマ・ディサヤナケ夫人だけではない。現大統領チャンドリカ・バンダラナイケ・クマーラトゥンガ夫人は、一九六〇年七月に世界で初めての女性首相に就任したシリマウォ・バンダラナイケ夫人の娘だが、彼女は父と夫をそれぞれ暗殺されたことになる。スリランカでは、大統領の対抗馬が男なら、今でも殺されてしまうのだ、という人さえいる。だから対立候補は怖くて出馬できない。

女性の地位が必ずしも高くない国には、上流階級にこうした「超女性」（もちろん医学的な意味ではない）の政治家が出るのだという文化人類学の説もある。インドのインディラ・ガンディー夫人もそうだし、スリランカでは現在実の娘と母が大統領と首相の座を占めている。日本ではとうてい考えられないことだ。

スリランカの人は、欧米人や日本人が考えるような民主主義は見たこともないし、当然望んだこともないのだ。民主主義が実行されている国など世界でほんのわずかなものだ。世界中が民主主義にならなければいけない、とするアメリカ型の思考は、壁にぶち当たるケースも多い。

人も自分と同じことを望むはずだ、などと考えたら、援助の仕事はただちに大きな対立を生むか、金銭が漏れるか、根本から挫折する。そしてまた、日本人は決してこうはならない、と考えるのも過信である。

貧しくなれば、疾病などで同じような悲惨な道をたどる。用心深く相手を学び続けて謙虚になる以外に、国際関係を辛うじて続けていく方法はないのだ。

危険を承知で立ち向かっていく不思議な情熱

英米連合軍がイラク空爆の第一波を送った後、十二月十七日の夜、日本の民放もイラク問題を盛んに報道した。

その中で一〇チャンネル（テレビ朝日系）が、現地にいる日本人の赤十字社の人に、空爆の様子を聞いた後、「危なくはないですか？」と尋ねていたのが非常に印象的であった。

バグダッド市が空襲を知っても燈火管制に踏み切らなかったのは、交戦の姿勢を示すためだという説もあるが、つまりはアメリカのピンポイント攻撃がかなり正確だということがわかってきたからだろう。軍や政府の建物にいなければそれほど危険はない、ということが知れ渡ってきたに違いない。しかしアメリカ軍でもミスということはあるのだし、赤十字社の人が答えに窮していたのも当然である。

このマスコミの質問は実に多くのことを語っている。弾道ミサイルが飛び交い、アメリカの戦闘機が空襲しているのだから、ピンポイント爆撃は正確だと言っても、これは紛れもない「戦争」なのである。「戦地」にいる人に向かって「危なくはないですか？」という問い掛けはないだろう、と思う。

このマスコミは、赤十字社というものも理解していない。もし赤十字社がまともに機能しているなら、それは国内の赤十字病院の運営などと共に、非常事態にも働くはずである。自然災害、戦いの前線の負傷者の緊急治療、動乱などの後に発生する伝染性の病気や飢餓などの対応。どれも「危なくない」と保証できるものではない。病気には自分も感染する可能性があるし、飢餓などは社会的な不安をもたらすから、いつ暴徒が発生し、略奪、放火、無差別の殺戮《さつりく》、強姦などが起きるかしれない。

この質問の幼さはそれだけではない。

では、もし「危ない」ならその仕事を止《や》めろということなのか。私は今までに何度も、主に女性から「あなた、そんなところに行って危ないんじゃないの」と言われたことがある。その言葉は、普通の日本語の受け取り方で聞けば「そんな危ない所なら、止めた方がいいんじゃないの」という意味合いを含むだろう。

赤十字社の社員が、危険な所には行かないで済む、と質問者が考えているなら、それは赤十字の仕事を理解していないのである。

ありがたいことに、現代では、自由主義国に生まれれば、自分の生涯を少しは自分でデザインすることができる。為替や株の相場の戦いの中に生きてみようと思えばそれも可能だ。安楽が第一で、五時になったら必ず勤め先のすぐ近くの家に直行し、残りの時間を好きな読書や、古典の研究や、音楽や、盆栽に使おうと思えば、そうした人生も選択できる。

しかし人は決して単純ではない。危険や、経済的な損を承知の上で、それでも自分をそこに駆り立てる不思議な情熱から逃れられない人がいる。登山、探検、途上国の奥地の貧しい寒村で医療行為に従事するなどというのも、その一つの現れである。

私は今までにどれだけそういう情熱を追って生きてきた人たちに会い、その人たちに尊敬と魅力を覚え、そうはなれなかった自分の卑怯《ひきょう》さと曖昧《あいまい》さに悲しさを覚えたかしれない。私の生涯で特筆すべき幸福は、世間の常識と安全を棄《す》てて、命の危険があるかもしれない世界で自分を生かしてきた人たちに、たくさん会えたことであった。そういう魅力など、このマスコミ人は、全く感じたこともないということが問わず語りに語られている。

イラク問題を見ていると、さまざまなことが見えてくる。

アラブ人たちばかりではない。ヨーロッパ人もアメリカ人も、断じて自分の主張を曲げず、相手を非難している。個人の情事くらいは認めても、たとえ自分が間違っていても絶対に謝らないのが世界の常識である。善悪の見地から謝らないのではないのだ。うっかり謝ったら生きていけない社会があることを皆知っているのだ。それに謝る内容は自分の犯した罪だけ、謝る相手は神だけである。しかし日本人にはこういう考え方も現実も目に入らない。

日本人は、謝るということは、口で謝ればそれで済ましてもらえることだ、と信じている。ことにマスコミは大東亜戦争中からの自分の過ちさえ謝罪《しやざい》したことのない社会だから、政治家や旧軍人にだけ謝れ、謝れ、と言う。

謝るということは、ほとんどの場合、金を出し、権益を放棄《ほうき》し、つまりその組織と個人が損をし、貧乏になることだ。国家が貧乏になると国民の生活も苦しくなるわけだから、謝ったらどんなことになるかを知っている指導者たちは、誰も謝らない。もちろん現実的に戦争の決着はつけなければならないのだから、それは講和条約という形で清算する。

謝らない代わりに、日本と違って他の国は、別ルートで人道的な仕事をする。危険を承知でNGO（非政府組織）が活躍する。「命の危険があるならやらない」ならそれは「趣味か道楽」だ。しかし彼らは人として、神の前にやるべきことだからやるのである。そうした人道的な行動は、国家の名においてやることではなくても、いつのまにかその民族と国民に対する深い賞讃《しょうさん》や尊敬や評価に変わる。

経済制裁が、どれだけイラクにとって困るかということも、私たちが考えているほどではないだろう。空爆の翌朝、町の市場は平常通り開かれていた、という。もともと私たちのように輸入に頼って複雑な生活ができないと文句を言う人たちではないのだ。遊牧民の原型を残して、素朴な生活必需品の交易で生きることができる強い人たちである。

むしろ経済制裁は、サダムの息子のウダイに闇の石油を売らせ、密輸するタバコや酒の権益を一手に握らせ、世界中から入ってくる支援の医薬品などを一部だけ配って残りをやみ値で売ってもうけさせただけだ、という側近の証言もある。嘘《うそ》かほんとうかは別として、裏の裏を疑う癖をつけておくと、ニュースはもっとおもしろく複眼的に眺められる。

バーチャル・リアリティという麻薬

麻薬中毒患者や薬の売人たちに対して、社会は無条件によくないことだ、という意識を持っている。しかし麻薬だけだろうか、と時々私は思うことがある。

先日幕張メッセ（千葉市）で、ゲームソフトを一堂に集めた催しが週末の二日だけ行われるというニュースをテレビで見た。春休みに入っていたこともあって、子供はもちろん、親もいっしょで大変なにぎわいだったという。現場でテレビ局のインタビューを受けた男性の一人は「親と子がいっしょに楽しめていいいんじゃないですかね」という意味の返答をしていた。

一応納得しそうになるが、実はこの答えが大きな危険をはらんでいる。中には「自分がもう夢中ですね。これがなくては生きていられませんね」と正直に答えていた父もいた。現代において、現実を無視して虚像《きょぞう》の世界に逃げ込む人たちは、決して麻薬中毒患者だけでなく、こうしたゲームソフトにどっぷり浸《つ》かった人々も含まれる。

バーチャル・リアリティという聞き慣れない言葉は、いつの間にか私たちの生活の中に入ってきた。バーチャルな、つまり虚像的なものは、リアルな、つまり現実のものとの対極にある、と認識されている。バーチャル・リアリティなどというものは、常識的に言うとあり得ないもので、詩人か哲学者でもない限り、危険で使えない認識だろう。普通に翻訳すれば、虚像的現実ということだから、それは言葉としても、現実の状況としても、矛盾であり、まやかしなのである。

こういう発想が許されたのは、南極大陸やエベレストなどの、一般人が行けないところにカメラが入ることによって、多くの人が貴重な体験と知識を共有できる、と考えたことに始まったように思う。私はいつも「辺地（極地）探検」のようなテレビ番組を見る度に、息を切らしながらカメラに収まっているレポーターよりも、黙ってそれを追っている見えないカメラマンの存在に畏敬《いけい》を感じていた。カメラマンはしばしばあの重いカメラを担いでがけを登り、被写体よりも先に高い位置に到達していなければ、登ってくるレポーターをいい角度でフィルムに収められない。

そのような技術者たちの技と苦労と演出の加わった人工的な構成によって、私たちは自室の茶の間でお茶を飲みながら、あたかもエベレストの頂上を極めたり、熱帯雨林で生活したような気分になることを覚えたのである。

すべての戦闘機乗りに対して十分な飛行訓練をするにはお金がかかり過ぎるから、上空で体験するだろうと思われる架空《かくう》空間を、人間はテレビの画面に作り上げ、そこで幾分でもパイロットを慣らすことを考えた。しかしそれだけでほんとうの訓練はできない。なぜなら、テレビの画面の中では、パイロットは操縦ミスを犯しても決して死ぬことはないからである。

ゲームソフトには、実人生よりももっと広範な体験があるかに見える。そこには冒険も、危険も、賭《か》けも、スポーツもすべてのものがある。しかしたとえ失敗しても、それは私たちの実人生を冒《おか》すことはない。死にもしなければ、けがをすることもない。若い世代はこのようにして、実人生をではなく架空世界のニセモノを学ぶ。ニセモノの方が実人生よりよほど変化に富み、豪華でスリリングである。

熱帯雨林で暮らす体験をテレビで見るのは、見ないよりずっと広い知識が得られる、というのが常識だ。しかし同じくらいの悪い面もある。

現実に熱帯雨林に入ることは、マラリアの危険、暑さ、湿気、虫に刺されるかゆさ、疲労、清潔な水がない、などと闘うことなのである。テレビの熱帯雨林は、それと付き合うのに飽きれば、テレビを消しさえすればよい。しかし現実の熱帯雨林から脱出するには、普通なら数時間から数日、歩いたり船に乗ったり、汚い車か列車に乗らなければならない。

つまり現代は、何ものにも「直接かかわらないで」そのことを体験したような気分になれる陥穽《かんせい》を用意した。自分の都合のいい時に、いい分量だけ、全くの危険なしに、暑さ寒さ風雨に耐えることもなしに、疑似体験をすることができるようになった。決して遊園地を悪いというわけではないが、普通私たちの現実世界では、白雪姫やミッキー・マウスが出てきて、私たちと握手してくれるようなことはない。私の祖母の時代にも母の時代にも、そのような夢の現実化はなかった。しかし今、私たちは簡単に幻覚を合法的に楽しめる時代になった。

戦争でさえ、バーチャル・リアリティとなったことに私はがく然とする。その最初は、湾岸戦争の時、軍事施設だけを狙ったピンポイント攻撃が可能だということをまざまざとテレビで見せられた時だった。私が子供の時に体験した大東亜戦争は、広島、長崎だけでなく、それこそ日本中のあらゆる人を巻き込んだ。東京の大空襲の夜、私ははっきりと生命の危険を感じて震えていたし、その後もずっと空腹や虱《しらみ》にたかられる苦痛を味わった。

いつから戦争というものさえ、かくも虚偽的になったのであろう。コソボ内戦を取材するためベオグラードにいる特派員に向かって、日本のテレビ・スタジオにいるキャスターは、「ＮＡＴＯ軍の空襲はどうですか。そちらにいて危なくはないですか」と質問する。

戦争は危ないものなのだ。もし戦争が危険でないなら、悪ですらないだろう。もし戦争が軍人だけの戦いなら、それは少し大規模の格闘技だということで済むだろう。

私の知人がある夕方、電車に乗っていて、隣の若者が友達に誘われたのを断る口実として、「今日はうちに帰ってコソボの戦争を見るから」と平然として答えた話をしてくれた。

自分が参加しなくて済む他人の戦争は、これ以上のものはないほど金のかかった贅沢なショーになった。日本人全体が、実人生にほとんど参加することなく、ただ頭で考えて発言するようになる時、日本人の多くは、バーチャル・リアリティという新たな麻薬の中毒患者になったのである。

日本が回復する道はある

体に障害のある方たちと、毎年恒例になっているイスラエル旅行に行っている間に、私は時々日本の若い人たちのことを考えていた。同行したメンバーだけのことではない。イスラエルの風景の中で見るユダヤ人やアラブ人の若者たちと、日本にいる多くの若い人たちを本能的に比べていたのである。

先にほんとうのことを言うと、私にはほとんど国を憂うというような心情はないのである。私はもう高齢だし、若い時から利己主義で、自分が死んでしまえば「後は野となれ、山となれ」という気分が強い（私は実際、昔『あとは野となれ』というエッセー集を書いているのである）。

しかし私はかなり享楽的な気分も強いので、自分も他人も楽しく生涯を終わらないと困る。今現在生きる目的がわからなかったり、自信を失っていたりする若者たちを見ると、可哀相に思う気持ちは強いのである。

ちょうど旅の最後のころ、アメリカのコロラド州リトルトンの高校で襲撃事件が起こった。クリントン大統領も多くのアメリカ人も、銃の所持を放置《ほうち》していることがその原因だ、と考えているらしいが、私がその時いたイスラエルでは、若い男女の兵隊さんが銃を持って町を歩いている。小学生を連れた学校の先生は、銃を携行することを義務づけられているという。銃一丁で子供たちの命を守れるかどうか、現実的には疑わしいが、黙って殺されていることはない、先生は子供たちを守るために命を賭《と》して抵抗するのが当然、ということだろう。

私たちの泊まっていたホテルのロビーでは、腰の後ろに丸見えの状態でピストルをベルトにたばさんで歩いている頼もしげな青年もいたので、「あの人、何なのかしら。ホテルの雇った保安係かしら」と通《つう》に聞くと、ユダヤ人の中には、パレスチナ人の住む区域にある昔からの歴史的ユダヤの土地にわざと入植《にゅうしょく》して、「人が住んでいる」という既成事実を作ろうとしている人たちがいる、彼らは丘の上の町を有刺《ゆうし》鉄線などで囲んで要塞《ようさい》化しているから、外出する時にも常にこの程度の武装をしている人もいるかもしれません、という返事である。

銃は国中にあふれているのに、イスラエルで発砲事件が頻発《ひんぱつ》するという話は聞いたことがない。

それはどうしてかしら、と言うと、ボランティアとして同行していた夫の三浦朱門は「それはイスラエルに危機感があるからさ」と言う。銃は、自分の命を脅かす外敵に向かって使うために所持しているのであって、同胞を撃つためになど、とうてい使う心理にならない、というわけである。

とにかく日本人くらい、世界中が平和を望んでいるから攻め込まないだろう、と信じている異常なお人好しは珍しいというべきだろう。世界中が平和を望んでいるのもほんとうだ。しかし、それは二番手の希望なのである。まず、自分の部族の存在や欲望がかなえられることが要訣《ようけつ》だ。それが可能にならない時には闘うのが当然なのである。その上で二番手に、もちろん平和な暮らしがいい、と誰しもが望むのである。しかし一番手がかなわなければ自分が生きていられないのだから、二番手の平和を望むも望まないもないのである。

外国で講演させられる度に、私は何度か、日本の戦後の繁栄は軍備にお金を使わなかったからで、だから「日本が軍国化の道をたどっているなどと書くお宅の国の記者がいたら、それは勉強不足の怠け者です」と言ってきた。軍備に国家予算の三〇％も四〇％も使わざるを得ない国の話を聞くと、気の毒で言葉を失う。

しかし旅行の間に私がずっと考えていたことは、日本の若者たちの今の病的な状況を救う道は、もしかするとたった一つしかないかもしれないな、ということだった。それは二十歳になったら、兵役ではなく、奉仕役に一年間招集することである。

銃の扱いなど全く必要ない。しかし事務、看護、土木、運送、通信、植林、農業、水産、宇宙観測など、できるだけ希望をかなえつつ、一生でその時しかしない仕事に就《つ》かせる。それによって誰もが、働く者の苦労を知る。できれば暴走族にはオートバイの技術を生かした任務を与え、スリや泥棒の前科のある者には、防犯の研究をさせる。料理の好きな若者は、老人ホームの調理場に配属する。園芸の好きな若者は、農林試験場のような所で下働きをさせる。

もちろん男女の区別はない。大部屋に寝て、決まりの時間に起き、掃除や皿洗いなどの基本的な労働をさせ、あいさつと服従を教える。暑さ寒さに耐え、重いものを持って長距離を歩き、食べ物の好き嫌いをなくし、穴を掘ったり紐《ひも》を結んだりする技術を覚え、地面に寝る体験をし、それでやっと一人前になる。

もちろん特別な病気のある青年はこの限りではないが、車椅子《いす》利用者でも、できる仕事はどんどんさせて、育った家庭や貧富の差や学歴に関係ない、さわやかな青年同士の暮らしを体験させる。休みには、親ないしは、寂しい親族や友人を見舞うことを義務づける。老人の介護も、これでかなり手助けになるだろう。自分の部屋一つ片づけられず、自分の使った皿一枚洗ったことのないお坊ちゃまとお嬢ちゃまが、普通の人間になって、しかも自信をつけて帰ってくる。

勉強が遅れるという人もいるだろうが、今の大学生が、そういうほどの勉強をしているとは思えない。人間として頑強になって帰れば、一年くらいの遅れは簡単に取り戻せる。

こういう計画によって、事故や病気で死ぬ人も出るだろうが、奉仕役がなくても、山で死んだり、一気飲みで急死したり、自動車事故で命を失う人はいるのである。

身びいきになるが、日本人はみんな教養と能力があり、しかも働き者で正直で、世界的な人間資産だと私は思っている。ただ教育がなっていなかったのである。回復する道は、やろうと思えばなくはないのだ。

第6章

人生の美学に殉じるために

悪の意味を教えなかった教育の付け

戦後の日本は、すべてにおいて戦前を上回ったが、一つだけ大きく失敗したのかな、と思うものがある。それは教育ではないか、とこの頃思うようになった。

先日、夜のテレビで日経の論説副主幹の田勢康弘氏が筑紫哲也氏と対談をしておられて教えられたのだが、アメリカではこの頃、日本に対する興味をすっかり失っているのだそうだ。どうしてかと言うと、日本人の心理が、どうにもわからないかららしい。

たとえばどういう点ですか、という筑紫氏の質問に対して、田勢氏は「援助交際」と「たまごっち」を挙げた。「皆がしているから、援助交際をしても当たり前だと思った」と言う子供たち。昼間から、「たまごっち」を買いに並ぶ大の大人たち。どちらもアメリカから見て、というより国際社会の常識から見て、不気味な幼児性であり、無思想性なのだということらしい。つまり教育の大きな失敗がここへきて明らかになり始めたのである。

不気味と感じるものの中には、しばしば自分は信じていない他の宗教によって来るものもあるが、日本人のそれは宗教とも無関係である。

日本人は、自分が宗教を持たないのをしばしば科学的姿勢と思って誇りにするが、国際的な感覚では、外国へ入る時の入国カードに、「信仰なし」と書く人間は一種の危険人物だと思う国や人々はいくらでもある。どんな宗教でもいいが、神がないような人こそ何をしでかすかわからない、と危惧《きぐ》を覚えるのである。

戦後の教育が、第一に教えなかったものは、悪の意義であった。悪に対しては簡単に非難するばかりで、悪の明快な解明がないから、当然、善の何たるかも考えたことがなくなる。人生のすべてのことは、悪と善の混合の上に成り立っているという現実を認識しないことから、援助交際とたまごっちだけが興味だという不気味な未熟人間が現れたのである。

戦争は悪いものだとなると、日本には軍事学も存在しなくなる。こういういびつな人道主義が、世界に通用しない人間を生む。「皆が平和を望めば平和になるのです」

などという甘い言葉を平気で使う神経の子供や大人が増える。一度中近東の砂漠の生活にたたき込まれれば、望めば平和が可能だ、などという言葉が、どんな無責任なたわごとか、よくわかるようになるだろう。分ける水が十分でない時、いったい誰が家畜と共に死に絶える運命に回るのだ。その時に、納得して死ぬのは宗教的な解釈を持つ人たちだけで、平和を叫ぶ人たちなどではない。

自然保護を主張する人の中にも、ほんとうの凶暴な自然の中で生きたことのある人はほんの一部である。せめて三カ月、熱帯雨林の中で生活してもらえば、マラリア蚊《か》や山ヒルと戦う生活の中で、自然とはどういうものかを知るのだが、命の危険を納得するどころか、病気になることさえ認めない今の日本の社会は、決して危険な現実の中に子供を踏み込ますような教育をしなかった。安全なテレビの知識――バーチャル・リアリティ――だけでいつも人々はものを言う習慣がついた。

戦前は、私たちは自分が体験しなかったことについては、あまり知ることができなかったのである。せめて書物で読む他はなかったのだが、その出版文化も今ほど進んではいなかったから、熱帯雨林がどんな土地かなど、南方で戦った兵隊さんの手記を読むくらいしか方法がなかった。しかし今では、本を読まなくてもテレビがその代わりをしてくれる。

すべてのものは、複雑な要素を持っている。およそ悪を含まない存在などこの世にない。熱帯雨林は、酸素の発生源であると同時にマラリア蚊の発生地である。しかし戦後の教育は、「みんないい子」主義だから、暗い面を教えない。開発と名のつくすべてのものが行われた背後には、人類が自然の脅威《きょうい》に脅かされた歴史がある。そこから逃げ出そうとして知恵を絞ったつもりだった。その点を忘れて論議をするから、無責任な観念論がまかり通ったのである。

この番組で田勢氏は、資本主義は禁欲的でないと堕落《だらく》する、というマックス・ウェーバーの説にも触れていたが、戦後の民主主義教育は、この面も欠落したままであった。

禁欲というのは、もしできるなら、所有していても使わず、自分が当然得ている権利さえも放棄《ほうき》し、自我をコントロールし、得だけでなく損をする道を選ぶことができ、悪評を恐れず、社会の風評につられず、死を引当《ひきあて》にしてもどのような生を選ぶかを考えることである。しかしそんな教育は、戦後全くと言っていいほど、誰もしなかったのである。

徳を備えた国は強い

私は前から、これからの国家の強さには、「徳の力」も要《い》る、と書いてきた。徳などという言葉に対して、私の中にこだわりがないと言ったら嘘《うそ》になる。私自身徳とはかなり遠い暮らしをしているし、戦前の修身の教科書を安易に想像されても困るのである。

しかし、逆に、徳がない国は、経済的にも政治的にも今にどんどん力を失うだろう、と私は思うのだ。この場合の力というのは、精神的な指導力などではなく、まさに現実的な経済力そのものを指している。

まがいものを売ったり、化学兵器を隠したり、地雷を始めとする兵器を売ったり、役人がどうにもならないほどワイロを取ったりするような国に対しては、その国の人も製品も、多分インチキだろうということになって、長い目でみれば、製品が売れないだろう、と思うのである。

勇気がない人、自分の保身の術と、立身出世のことしか考えない小心な人も、徳のなさの一つの形としてどれほど素早く見抜かれ、ばかにされるか、日本人は想像できないのである。その人をばかにしたついでに、ああいう人間が威張っていられるような国なら、日本というところは大したもんじゃないだろうな、と考える。

その国辱的人物は、小説でも書いている分には、何の差し障りもない。しかし外交官や、外交交渉の場に立つ役人や、政治家として外に出ると、外国の人々はすぐに見抜いてばかにする。

外国の人、という言い方もおかしいのだが、日本人は世界的に、教養の割には、最も魂の問題について興味のない人種の一人だということがその特徴だから、それに比べれば、漠然とした多くの外国の人でも、まだしも精神的な面を持っているように見える。

教養とか魂の高貴さというものは、今でもれっきとした国際的な力である。しかしそれがわからない日本人だらけになったのは、強いて言えば、皆がものわかりのよい人だと思われようとして、妥協した結果であろう。

信念というものは、本質的にものわかりの悪いものなのである。

他人のために身を挺《てい》せるか

十二月十日は人権デーだったそうで、新聞のあちこちに人権についての記事が載った。

その中に、世界人権宣言第一一条に「刑事上の罪に問われている人は皆、自己の弁護に必要なあらゆる保障がなされた公開の裁判で、法律に従い有罪が立証されるまでは、無罪と推定される」とあることも紹介されていた。自白を強要するような捜査が行われたり、和歌山市の砒素《ひそ》入りカレー事件の容疑者など、まだ容疑の段階なのに犯人扱いされがちな世相を戒《いまし》める記事もあった。

世間には、「悪い人をなぜ弁護するのか」という裁判制度自体を否定するような空気までであって、それに対する新聞の答えは、「悪い人」と決まってから裁くべきだというのだが、記事を前につらつら自分の心を振り返ってみると、私はどうも別の心情から「悪いと言われている人」でも弁護したくなっていたようだ。

それは私たちが皆基本的には悪い人の要素を十分に持っていて、人は誰でも自分を弁護してほしいと思っているからである。

いやこういうと怒る人がいるだろうから、話を限定しよう。少なくとも私は、できればちょっと嘘をついて難関を逃れたい。道に一万円札が落ちていたら、警察に届けずに着服したい。小料理屋で、私の次にアンキモを頼んだ人に板前さんが、「申しわけありません。たった今最後のが出てしまいまして」と言い訳しているのが聞こえた時の私の幸福は倍の大きさになる。「私の分をお譲りしましょう」とは絶対に言わない。

飛行機事故で死亡した人と生還した人の明暗を分けたような場合、生きる幸運をつかんだ人とその家族は幸福に満たされる。死亡した人の家族の悲嘆を知りながら、生きた自分の幸運を喜ぶのである。

人間とはこんな程度に残酷で利己的だということを、私は骨身に染みて知りながら生きてきた。

時の政府と異なった信条を持つ人を裁判なしに投獄し、人権など度外視したのは、中国や北朝鮮などの主に社会主義国だった。そして日本の主要新聞や進歩的文化人は、つい二十年くらい前まではそのような社会主義国家を人道的な社会形態として賛美し続け、産経新聞以外の大新聞は決して当時抑圧されていた人たちの人権を守るための戦いなど何一つ展開しなかったし、その過ちを今に至るまで謝ったこともない。

この頃日本には、いい人ばかりが満ちあふれるようになった。これは人間の本質を考えると、異常な浮かれ方だと私は思っている。人間というものは、本来ほどほどのものだ。時には少しいいこともするかもしれないが、本質としては浅ましく狡《ずる》いものだ。得は好きで、損は嫌いなのだ。見栄も張りたい。嘘をついても浮気がしたい。税金も出したくない。自分が貧乏くじを引かなければ、人が不幸になっても大して心をいためない。

人権を守るという行為を考える時、日本人は、自分はいささかも傷つかないでできる範囲を考える。まさにその人権デーに、浜松市立追分小学校の制服騒動の話が新聞に報じられた。この小学校では、PTAの申し合わせによって女子児童のみに制服着用を決めている。それは「人権の根本理論に反する」として、県弁護士会と「子どもの権利委員会」が制度廃止を求める勧告書を作って校長に手渡すことにしたのだ、と言う。

子供たち、特に女の子たちが服装で競い合わないように、というPTAの配慮を不服とする子供も当然いるだろう。しかしその不満のおかげで将来デザイナーになる人も出るはずだ。たかが制服の申し合わせ条項の男女不平等に、一々異議を唱える弁護士会の神経は幼稚なのだが、ここでも持ち出されるのは人権である。

「適正な労働条件で働く権利と失業に対する保護を受ける権利（二三条）の保障は後退していないか」と書いた新聞もあった。

世界の情勢はこんな甘いものではない。適正な労働条件どころか、仕事そのものがないのだから、泥棒も職業の一種と思われている国はいくらでもある。そういう社会では、失業の保障などという贅沢は考えたことも聞いたこともないだろう。

完全ということはこの世にないが、日本人は世界的レベルで考えても十分に人権を守られている。

差別語の自主規制という形で言論の統制はまだ新聞社とテレビ局にはっきりと残っているが、そこでも天皇や総理の悪口なら言える。誰もがとにかく食べられて着られて清潔を保てて、寝る所があって、教育と医療を受けられて、飲み水でトイレが流せる。人権が守られている証拠である。

人権のために働くという場合、自分の命の安全や健康の維持を損なう可能性をも覚悟の上で、行動しなければならないこともある。自分の人権が温存されたままで相手の人権を成り立たせられるケースばかりではないのだ。最低限、自分の不便さや金銭的出費くらいは承認して、他人のために身を挺《てい》することだ。そんな程度の厳しささえ、日本の人権の発想にはない場合が多いのである。

民主主義を信じ過ぎていないか

二十一世紀になっても、私自身何一つ変わりばえもしないのだから、周囲の小さな世界にさえ期待するものは何もない。しかし人間は常に流動的で、その変化自体は善でも悪でもないのだから、その様相を冷静に見て楽しみ、意味を感じれば私自身もささやかな変化を遂げたい、と考えている。

私の個人的な印象では、前世紀の後半は理想と現実の混乱が極限に達した時代であった。その例は幾つでも、たちどころに挙げられる。

ＩＴ（情報技術）時代などと今、国を挙げて夢中になっているが、破綻《はたん》はもう見え透いている。こうしたシステムは特別な業種に限っては膨大な情報処理に威力を発揮するだろうが、個人には大して有効ではない。情報を処理する目的も時間もなければ、ただ知識に振り回されて、魂は深刻な空洞化に陥りますますいびつになるだろう。

「知る権利」と「プライバシーの保護」は両立しない。できると思っている人は、適当に自分勝手にその境界線を引いているか、両者の関係を全く考えないでいるか、どちらかである。「知る権利」があるなら、当然「知られない権利」もある。なぜこの矛盾を考えないか。

植民地の桎梏《しっこく》（手かせ足かせ）を脱して、アフリカなどの多くの国は独立して自分の道を歩き出した。しかしいまだに、部族対立、貧困、失業、飢饉《ききん》、教育機関の不足、インフラ整備の遅れ、エイズの蔓延《まんえん》などの深刻な困難に直面している。

それらすべてが植民地政策の犠牲だと言い続けることにも無理が出始めた。一世代を三〜四十年とみて、それ以上の年月が独立から過ぎていれば、国の有り様《よう》に自己責任が生じており、その結果に少しは反映されているべきだとしなければならないだろう。しかしアフリカのかなりの国は「じり貧」である。

二十世紀に、私たちはあまりにも民主主義を信じた。民主主義が理想であるとすることはいいのだが、それがあたかも世界の隅々まで既に実現されているか、実現されて当然という錯覚を持った。

人種差別も基本的には全く解決されていない問題だ。しかも日本人が「人種差別を止《や》めよう」と言う時、自動的に自分を「差別する側」に立たせているということはまことにおもしろいことである。もちろん日本人がしばしば経済的先進国人として白人扱いされていることは事実である。しかし世界中でまだ日本人は、白人から黄色人種として差別を受けて侮辱されている側にいるのである。

人種差別に代わるものとして能力主義があり、私は経済的観念からもその能力主義こそ公平なものはないと思っているのだが、人種差別は、理論でもなく、数字でかたがつくことでもない。人種差別は説明できない感情の問題であり、しかも人生に失敗した白人にとっては、それのみが自己保存のよりどころである。

学問も芸術も、スポーツも研究も、経済活動も政治も、すべて表向きは人種差別なく共に働くことができる。しかし底流ではそうではない。平等に扱うということは、一種のうるわしいデモンストレーションで、ポーズのことが多い。

私たちは日本という国家の形態上、差別を受ける側に立たされていることも感じず、差別の結果に困らされることもない。しかし今世紀は、第二次大戦の後の「理想を謳《うた》いあげた時代」の、現実と乖離《かいり》した嘘のしわ寄せや弊害が一挙に吹き出る時代のような気がする。

二十世紀末は、人間の心の解明と表現についても、極めて幼稚で嘘の多い時代であった。

この世で、人間が他者に要求してはいけないものが三つある。

「自分を尊敬しろ」と言うことと、「人権を要求する」ことと、「自分に謝れ」と言うこと、この三つである。

これら三つは要求した瞬間から、相手に侮蔑《ぶべつ》の念を抱かせる。尊敬に値する人は決して「自分を尊敬しろ」とは言わないものだし、「人権」は要求して与えられるものではない。人権を要求して得るものは、金か、冷たい制度だけである。しかし愛は違う。私たちは温かく包み込むような愛を贈るべきだし、愛を与え合う存在になるべきである。

「自分に謝れ」と言うのも最低の行為だ。謝れと言わなければ謝らない人に謝罪させる方法は、法以外にない。口先だけでいいなら、人はすぐ謝る。しかし同時に軽侮の念が発生する。個人の関係でも国際関係でも、通常「謝れ」と言う時は、「金を出せ」ということなのだが、日本人にはそれがなかなかわからない。

つまり世の中はそんなに理想通りにはいかないものなのだ、ということを人々が改めて確認するのが、二十一世紀というものだろう。二十世紀は、幼児的理想主義がまかり通った時代だったが、二十一世紀は、円熟した大人の見方によって、いささかの悪を容認しながら、そこに不純な安定を見いだす時代になるかもしれない。少なくとも理想先行の考え方には、私は少し疲れていたのである。

自分の「美」に「酔狂《すいきょう》」に殉じたい

深い感謝は別として、私は寿命に関してだけは、深く考えないことにしている。この世には自分で動かし難《がた》いことが多くて、私たちは自分の生を時の流れや運に任せる他はない。命の期限もその一つである。もちろん長寿を希望し、健康に留意もするが、希望や努力は結果と完全には結びつかない。初めから願いはかなって当然と思わないことに、私は自分を馴らそうとしてきた。

私は、一人の人間の体験の結果としての知恵や感情を伝達することは、不可能だと思っている。戦争を語り継ぐということが信じられていて、それは決して悪い行為ではないが、現実には恐らく不可能であろうし、あまり効果もないだろう。そんなことができれば、人間はこんなにもよく似た形で、数百、数千年にわたって愚行を繰り返してきたりはしないのである。

その結果として、私たちは二つのことが言える。

一つは人間は変わらない、という原則である。

もう一つは、人間は或《あ》る程度意識的に（悲しみと共に）無責任でなければならない、ということだ。後世に自分の得た教訓を生かそうなどとしたら、恐らく死ぬに死ねなくなるほど、思い上がるであろう。

つい先日私は国立劇場で、水谷八重子主演の新派公演『滝《たき》の白糸《しらいと》』を見た。私は今まで、泉鏡花原作のこの芝居を見たことがなかったのである。有名な水芸の場は写真で何回も見たけれど、実際に舞台の上で見たことはなかったのが、少し残念であった。

単純に結果を言えば、この芝居は心を打つものであった。不勉強な私は、今、鏡花の原作も手元にないのだが、その時代の日本語の優雅な含みのある表現が今は全く失われた日本人の美学・哲学・精神の構造をごく平易な形で語ってくれているのを発見したのである。

私同様、この芝居を見たこともなく、粗筋《あらすじ》さえ知らないという世代のために、簡単にストーリーを述べると、水芸を出し物とする寄席芸人の一座の座長である滝の白糸は、偶然、経済的な苦境から東京で法学の勉強をするのを諦《あきら》めかけている村越欣弥《むらこしきんや》を知る。白糸は欣弥に惹《ひ》かれ、彼のために学費を出すパトロンになるのである。

しかしだからと言って、白糸は欣弥と結婚することなどを夢見たりはしない。二人は教養も身分も違う。そんなことをしたら、欣弥の出世の妨げになることを、白糸は知っているのである。

しかし水芸は次第に見物に飽きられる。水を使う見せ物は、夏にはいいが、秋から冬になると「季節はずれ」の感じで人気が落ちるのである。白糸は金の工面に苦労するようになる。しかも知り合いの南京出刃打ちの寅吉に商売ものの刃物で脅されて、欣弥に送る最後の金を奪われた白糸は、行きずりの家に助けを求めに入ったつもりで、もののはずみで主人夫婦を刺殺して、目前にある金を奪うことになる。最後の仕送りの金であった。

この芝居の見せ場は、晴れて検事代理として着任した欣弥と、証人喚問された白糸が金沢法廷で出会う場面である。

寅吉所有の出刃が夫婦刺殺の現場に残されていたので犯人だと疑われた寅吉は、実は面の割れている自分から金を奪われたのに、一向にそういう事件を知らない、金を取られたこともない、と言い張る白糸が怪しい、と陳述《ちんじゅつ》することで、自分に掛けられている殺人の疑いを晴らそうとする。

そこで初めて白糸が、三年前、浅野川の河原、卯辰橋の下で生涯を誓った或る男（実は欣弥）に学費を送り続けていること、しかし「おかみさんになりたい」とは口が腐っても言わない白糸が、凶行の夜、寝言に「おかみさんにしてください」と言っていた話も一座の男の証言として語られる。

寅吉の弁護人は白糸を証人喚問することを申し出る。裁判長は白糸が予審廷の調べに対して、将来を約束した男があるとは申し立てているが、ついに名を秘して言わない点に対して尋問する。すると白糸は、将来を約束して、他人じゃない、とその人も言い、生涯を約束して手を取り合いもしたけれど、「でもそれは、その晩あんまりお月様が綺麗だったので、つい浮かされての酔狂だったんです。だからあの時のお言葉きり、そう思っております」と言う。

それならその後三年間に、三〇〇円を超える送金を続けたのはなぜだったか、という裁判長の問いに、白糸は、

「ですから、幾度も申し上げております。私の酔狂でございますから、と」

久し振りに聞く、酔狂という言葉だった。八重子はこの言葉を、高いトーンで、ゆっくりといとおしむように、昂然《こうぜん》とした艶《つや》やかな自嘲の響きを込めて言うのである。

すばらしい日本語であり、痛切な現代批判であった。現代の人は、「人道」や、「人権」や、「正義」のために、行動するという。実際に行動している人ももちろんたくさんいるが、言葉だけだったり、署名だけだったりする人が大半である。そこには、自分が辛《つら》いほどの大金を拠出したり、危険を承知で現場に出かけたりする人は、ごく

少数である。

✤「血と金」を差し出して証すもの

私たちは、自分の善意の心から、暇のある時だけ活動の手伝いに行ったり、署名したりすることで、自分はその行動に参加し、いわば同志になったと思う。しかしユダヤ人は決してそうは考えないのだ、という。ユダヤ人にとって、「同志」としての証《あかし》を行動で見せる時には二つのものを差し出さなければならない。それは「血と金」である。同志《ダミーム》という言葉自体が、血と金を表すのだという。

人間が人生で、これが自分の行くべき道だ、と思う時、人は必ず二つのものを差し出すはずだ。生はんかなものではない、出すのが辛いと思うほどの金か、さもなくば命である。しかしこんなことは日本では意識の中にも上らない。

滝の白糸は、愛する男を一人前の検事にするための最後の金を得るために、殺人を犯す結果となり、そのために、愛した男の関係している法廷で死刑の判決を受ける。

彼女の行為は、金と命のどちらをも捧《ささ》げたことになる。

もちろんこうしたことは誰にでもできることではない。私も命を捧げることなどコワイから、遠藤周作氏が生きておられたころから、カトリック作家の中で、「カトリックがご禁制になったらすぐ棄教《ききょう》する会」（そういう会が実際にあるわけではないが、精神的な）の会員の一人として登録したつもりであった。登録したということは、当然「うしろめたさ」と「人間失格」を意識したものであった。

私はその思いも大切だと思っている。人は自分が間違えない、と思うより、間違えると思っている方が、自然で人間的だ。もちろん世の中にはそうでない人がいる。自分は人倫の道を決して踏みはずさない、と断言し、その通り正しいことを貫ける人もいる。私たちはそうした人を深い尊敬で見ることは当然だろう。しかしこと自分がそのように大見栄を切ってしまうことが私にはできない。もしそれを守らなかった時の惨めさに耐えられないからである。

私は自分が小説を書くという決心をした十代の終わりに、「酔狂」な人生を送ることを選んだ。当時は小説家になるということは「カフェの女給に身を落とすこと」と同じように社会から思われていたから「酔狂」で説明する以外、自分の行動を説明する方途がなかった。

しかし酔狂などというものが言葉としても消え失せ、その深い意味合いなど一顧《こ》もされなくなった時から、日本人は自己責任も、信念も、美学も、失ったのである。

死語となった「真善美」

世の中には、経済や政治などの実際に社会を動かす仕組みの他に、いわば社会全体を動かす触媒作用のような力を持つ「真善美」への希求があるはずである。それがなければ、人間の才能は十分に燃焼《ねんしょう》もしなければ、目的に対する方向性も持つことができない。

しかし今では真善美などという言葉は、学校でも家庭でも聞いたことがない子供や青年がいるだろう。昔は親の教育程度も、今ほど高卒、大卒が多くはなかったから、こんな結構な言葉を口にすることを考えなかった親たちもたくさんいただろうと思う。

しかし親が言わなくても、昔は貧家の子供でも、学問をしたいという気持ちさえあれば、本を読んだ。娯楽としても読んだ。本を読むことは、立派なこととされていた。すると本の中には、こうしたいささか恥ずかしいような立派な概念も書かれていたのである。

本は、寝床、風呂、電車、トイレ、公園、さまざまな所で寸暇を「惜しむ」のではなく、「つぶす」ために読むものだ。そして時間つぶしであっても、私たちは、そこから偉大な世界を学び取った。机の前や決まった場所で、本を味わって読めることは私には考えられない。

今の時代の日本で絶対の比重を占めているのは、人に見せるための姿勢をも含めた「善」の世界である。もちろんほんものの善を行っている人もたくさんいるが、流行として、ポーズとしての善は、「人権擁護」「正義の徹底」「平等意識」などと結びついていくらでも出番があるのである。

それに比べて「真」の希求は非常にむずかしい。そもそもの教育の初めから親たちは、「子供を人質に取られているから」などという情けない姿勢で、教師が何を言お

う と唯々諾々《いいだくだく》として従う。

会社や官庁や他の組織に入れば、「真」を求めようとしない上役を見て矛盾を感じても、それを公表すれば、組織の中に留《とど》まることができなくなり、結果的に食べられなくなるから誰もが黙っている。

「政界や警察だけじゃありませんよ。それに類似した所でも、もっともっと内部から腐っているところがいくらでもあります」と言う人もいる。

「真」を見つめようとすれば、当然人間が集まるすべての所の、歪《ゆが》み、逸脱、権力の乱用、などが見えて来る。しかしそれを言う機会もなく、言ったら最低で出世が遅れ、悪くすると首だから、誰も言わない。

私は昔聖書の勉強をしている時、『ヨハネによる福音書』の八章三二節に眠気がさめるほどのすばらしい言葉があることを知った（ということはつまり私は勉強の途中で、いつも眠気を覚えていた、ということなのだ）。「あなたたちは真理を知り、真理はあなたたちを自由にする」というくだりである。

私たちは、自由は、制度によって得るものと思っている。しかしそうではないのだ。

自由は私たちの眼力、それも勇気に支えられた眼力によって出発するということなのである。しかしこの勇気という言葉の原語はギリシア語の「アレーテー」であって、それは「卓越、勇気、徳、奉仕貢献」を同時に意味する単語である。勇気のない人には徳もない、奉仕貢献をしない人は勇気もない、ということになる。とすれば、この観点はさらに深く考えられなければならない。

「真」への到達には、勇気が要る。

しかし勇気を教えなくなってから、もう半世紀以上が経《た》ったのだから、「勇気ってなあに？」と聞く子供が出ても不思議はない。それでいて「いじめはいけない」と教えろ、と親も教師も社会も言う。勇気なくして、どうしていじめを止めることができるのだろう。

親も教師も、勇気はかつての戦場でのみ有効なものだった、と早とちりした。従って勇気などという野蛮な感情は平和の敵だ、と考えた。だから、勇気などは「退治し放逐《ほうちく》しなければならない」ものだという結論に到達したのだろう。そして「勇気」が「真」と密接な関係にあり、さらにそのかなたには、「自由」とも確実に結びついているのだということに、多くの人は気がつかなかったのである。

人間は、生まれながらにして自由・平等か？

世界人権宣言は言う。

「人間は、生まれながらにして自由・平等である」

私はいつもこういう言葉を聞く度に、私が知っているアフリカの光景を反射的に思い浮かべてしまうのである。今なお文明から取り残されたアフリカに住む多数の人々は、生まれながらにして、自由でもなく、その可能性もなく、また現実にそれを希望してもいないだろう。なぜなら、彼らは部族支配の中で守られ、それを自分の生きる自然の姿と感じ、それ以外の社会的、政治的形態などを見たこともないのだから、自由・平等などということを理解もしないし、望んでもいないだろう、と思うのである。もちろん彼らの世界にもいつかは民主的社会が出現するだろうが、それは彼らの生活に電気が導入されてから後のことである。またまた言うが、電気のない社会に、民主主義は存在し得ないのである。

「すべての人間は、生まれながらにして自由であり、かつ、尊厳と権利について平等である」

と世界人権宣言の第一条は書いている。

私の見たアフリカの人たちは、自由にどこかへ行く方途もない。行ったとしても、行った先でどうして生きるかも想像がつかない。そして彼らの生き方のすべては、自由ではなく、しきたりに規制されている。

彼らは尊厳とも無縁で暮らしている。今夜食べるものがあるかどうかにたえず心をいためなめ、体や衣服を洗うこともままならず、何より痛みを止めてもらえる医療機関にも簡単には到達できず、できたとしても金がないか、病院に薬がないかで、まともな医療は受けられない。

これはほんの一例だが、ルワンダがベルギーから独立したのは一九六二年だが、それから実に三十年以上も経った一九九四年に、フツ族とツチ族との激しい対立は、五十万人か、それ以上と言われるツチ族虐殺《ぎゃくさつ》を引き起こしたのである。三十年以上経っていても、そのような非人間的な殺戮《さつりく》が行われたのも植民地主義の結果だという。しかしそれだけの年月が経過しているのに、すべての責任を植民地主義だけにおっかぶせることはできないだろう。

私はその理由を特定することはできないが、強いて言えば、そこには貧困と教育の欠如があったからである。仮に私たちが一個のパンを「皆で分けるのよ」と言って子供たちに渡しても、同腹の兄弟姉妹以外はたちまち体と体をぶつけ合う抗争が出現するような土地で、「生まれながらにして自由であり、かつ、尊厳と権利について平等である」などと言われても、全く何を意味するかわからなくて当然だ。「自由や、尊厳や、権利よりも、今晩の食べ物をください」ということになるだろう。私たちが二十世紀に、これこそ人道や人権を守るために有効だと思った思想や言葉は、大した力を持たなかった。二十一世紀にどうしたら実行力を持つ現実にたちもどれるか、勇気を持って真実を再発見しなければならないだろう。

どれだけ地声《じごえ》でものが言えるか

「人間は平等」と日本人は教えられたが、しかしこれはれっきとした嘘であった。およそ地球上に存在するすべてのものは、決して平等の運命にあずかれるようにはなっていない。同じ電車に乗っていて、どうして誰かだけが命を落とし、他の人が無傷でいるのだ。平等を嫌う遺伝子さえも、人間の中にはれっきとして埋めこまれていると思うことがある。人を出し抜いて、自分だけがいい境地に行きたいと思うのがその現れである。ただどんなに運命は不平等でも、人間はその運命に挑戦してできるだけの改変を試みて平等に近づこうとする。それが人間の楽しさである。

「人間は、理性と良心とを授けられており、互いに同胞の精神をもって行動しなければならない」

と世界人権宣言は続ける。

しかし多くの民族にとって、これは全く無理な感覚だ。なぜなら、歴史的にも現状においても、人間は長い年月にわたって簡単に理性を失い、良心などというものは初めから持ち合わせない人たちも決して珍しくはない。相手に良心があるなどと勘違いしていると、こちらが先に殺されることを、経験として知っているからである。

誰もが同胞の精神を持てるなどということは、目下のところでは世迷《よま》い言《ごと》だ。同胞の精神は同胞しか持てないものだ、と信じるのが普通なのだ。なぜなら同胞だけが運命共同体を受け入れるが、同胞でないものは、必ずこちらを攻撃するからである。

もし見知らぬ人を同胞と思う時には、ガンジーのように自分が殺されることを前提にすべきであり、こうしたおきれいごとに易々《やすやす》と同意できなくて自然なのである。

私の手元にある「児童の権利に関する条件と子供の人権」という解説パンフレットは、法務省と全国人権擁護委員連合会が作ったものだが、そこには「自分がどのような職業に就《つ》くのか、どのような学校を選ぶのかなどというような自分に影響を与えることについて、自由に自分の意見を言うことを認められ、その意見は年齢や成長の度合によって一人一人考慮されるべきである」と書いてある。

日本の社会においては、これは全く自然な感情だし、またいささかの努力次第で簡単に実行可能なことだ。しかしアフリカの多くの国において、どのような職業に就くかを選べる人はごく少数だ。というより選ぶほど職業はないのである。学校を選ぶどころではない。学校へ子供をやっていたら、一家は食べられなくなる。食べるに事欠くような生活の中で、学校や職業を選ぶ余裕などあるわけはない。

またインドの社会では、別な意味でそんなことは考えられない人が大多数である。ヒンドゥの階級社会においては、職業が今もなお生まれた時から階級によって決められている。外部の誰かが決めたのではない。結婚や就職について、自分の意思を述べられる子供など、高度の教育を受けることのできた特権階級の、新しい思想を持った人々以外、ほとんどいないと言っていいだろう。

そういう人たちのために、私たちは何ができ、何をしてきたというのだ。少なくとも多くの人たちは、一円の金もそのことのために出してはこなかったし、もちろん血も流さなかった。私たちの人道的思想は、想念の中に留まっている場合が多かった。

二十一世紀に、人間がどれほど賢《かしこ》くなれるかというと、それはこうした甲高《かんだか》い声で叫ばれた理想論からどの程度脱却し、現実正視の結果、どれくらい地声でものを言えるようになるかということにかかっているだろう。

曽野綾子

（その・あやこ）

1931年東京都生まれ。作家。聖心女子大学卒。『遠来の客たち』（筑摩書房）で文壇デビューし、同作は芥川賞候補となる。1979年ローマ教皇庁よりヴァチカン有功十字勲章を受章、2003年に文化功労者、1995年から2005年まで日本財団会長を務めた。1972年にNGO活動「海外邦人宣教者活動援助後援会」を始め、2012年代表を退任。『老いの僥倖』（幻冬舎新書）、『夫の後始末』（講談社）、『人生の値打ち』『私の後始末』『孤独の特権』『長生きしたいわけではないけれど。』『新しい生活』『ひとりなら、それでいいじゃない。』『90歳、こんなに長生きするなんて。』『結局、人生の最後にほしいもの』『少し嫌われるくらいがちょうどいい』（すべてポプラ社）などベストセラー多数。

本書は、2001年8月に海竜社から刊行された「哀しさ　優しさ　香しさ」に大幅に加筆修正したものです。

編集協力　髙木真明
　　　　　長谷川華

幸福は絶望とともにある。

2023年3月13日　第1刷発行
2023年4月12日　第2刷

著　者　　曽野綾子
発行者　　千葉　均
編　集　　碇　耕一
発行所　　株式会社ポプラ社
〒102-8519　東京都千代田区麹町4-2-6
一般書ホームページ　www.webasta.jp
印刷・製本　中央精版印刷株式会社

N.D.C.914／222p／18cm　ISBN978-4-591-17735-8

P 8008418